ししゃも

仙川 環

祥伝社文庫

目次

1章　灰色の空

海沿いを走るバスの外には、モノクロームの世界が広がっていた。海はねずみ色だった。泡立てた卵白のように尖《とが》った波頭が、一面に立っている。沖合いには、漁船の黒い影が見えた。遠く離れているため、大きさは分からないが、おそらく三人も乗り込めば甲板《かんぱん》が狭く感じられるぐらいの小型漁船だ。空さえ鈍色《にびいろ》だった。沿道に視線を移しても、目に入ってくるのは、黒い枝を空に向かって突き上げているナナカマド。葉がすっかり落ちているので、やせ衰《おとろ》えた病人のようにも見える。

全国放送のテレビが、桜前線北上のニュースを報じる季節になっても冬の影を色濃く引きずっている土地に戻ってきたのだ。川崎《かわさき》恭子《きょうこ》はため息をもらした。

今朝、山手線の車内から見た東京の街には、美しい色彩があふれていた。青い空。淡い色の桜。そして、色とりどりの看板。信号待ちをしている女の子たちは、パステルカラーのスプリングコートに身を包んでいた。

季節を遡《さかのぼ》るのは虚《むな》しい。窓から視線をそらし、なんとなく車内を見回したが、そこにも気持ちを引き立たせるものは何一つなかった。

破れた部分をガムテープで修理したビニール張りの座席は、昆布のようだ。元は深緑色だったと思われるが、何人もの人間の腰や背中でこすられるうちに、こんな色合いになったのだろう。前の座席の背についている網ポケットは、埃《ほこり》と手垢《てあか》で不潔に光っている。

乗客は恭子のほかに二人だけだった。一人はダブルのスーツを着た初老の男で、肘掛《ひじかけ》に小柄な体をすっかり預けて、いびきをかいている。もう一人は、運転席のすぐ後ろに陣取った老婆。小豆《あずき》色の毛糸の帽子をかぶった頭を運転席のほうに乗り出し、しきりと運転手に話しかけている。耳が遠いせいか、老婆の声は大きかった。

隣町の特別養護老人ホームでは、節分に入居者全員に大福餅を配ったらしい。町内にホームセンターが新しくできる。この二つのニュースを押さえておけば、今晩、商店街の飲み屋で話題に困ることはないだろう。

小学校で習った「故郷」という歌の二番が頭に浮かんできた。

——志を果たしていつの日にか帰らん。

この歌を歌える人が、羨《うらや》ましく思えた。遠く離れた地で思い浮かべてこそ、故郷は美しい。

車内アナウンスが、次は終点の三宅《みやけ》駅前ターミナルだと告げた。故郷はもう目の前だった。

何気なく手元を見ると、薄いピンクのネイルがはげかかっていた。左手の人差し指と右手の小指。荷造りのときに手先を酷使したからだろう。マニキュアは化粧ポーチに入っている。今夜にでも、きれいに塗りなおそう。この道を反対方向へたどる日を再び迎えるためには、モノクロームの世界に飲み込まれないようにしなければならない。気を抜いたらすぐにこの白と黒の世界に自分は溶け込み、その一部となってしまうだろう。あのナナカマドの樹のように。

大きなカーブを走り抜けながら、バスは次第にスピードを緩《ゆる》めた。ビアホールで最初の一杯を一気飲みした直後のオヤジのように、ぷうっと排ガスを吐き、車体をきしませながら信号で停車した。あと五分も走れば、バスは三宅駅前に着く。

そのとき、鮮《あざ》やかなスカイブルーのネオンが視界の隅に入った。恭子は思わず小さな声を上げた。それはコンビニエンスストアの看板だった。一昨年に帰省したときにはなかったものだ。人工的な青は、沈みこんでいた恭子の心に暖かく染みた。

駅前のロータリーにバスが滑《すべ》り込むと、肘掛にもたれて熟睡していた男がまるで漫画のように腰を浮かせた。すぐに状況を把握したようで、せかせかとした動作で網棚から鞄を下ろして乗降口へ向かう。恭子も男に続いた。運転手と話し込んでいる老婆を横目で見ながら弾《はず》みをつけてステップから飛び降りる。その瞬間、湿った空気が顔に張り付いた。氷のミストを吹き付けられているようだ。肩をすぼめ、冷気にさらされる体表の面積をわずかでも減らそうとしてみたが、そんな姑息《こそく》な動作は、冬将軍の前には無力だった。

白いペンキがところどころはげている木造の駅舎を眺めた。昭和どころか大正の時代の香りが漂ってきそうだ。駅舎の前には、「三宅町観光マップ」という巨大な看板が掲《かか》げられている。この町に見るべきものなど、ほとんどないというのに。

山沿いの地区には温泉があり、温泉旅館が三軒ほどあるので、観光地でないとは言えない。だが、それらの宿も民宿に毛が生えた程度のものだった。道東に特化した観光ガイドですら、名前と電話番号しか掲載していない。

駅から北に向かって延びる商店街の入口に、「三宅銀座」と書かれたピンクのちょうちんがぶら下がっていた。春になると毎年、飾られるものだ。ちょうちんの下のほうに大きな裂け目が入っていた。まるで口をぱっくりと開けているようだ。

思わず笑ってしまった。歯に冷気がしみたが、こわばっていた筋肉がふっとほどけ、気持ちもいくらかは上向いた。キャリーバッグを引きながら、お化けちょうちんに向かって歩き出した。そのとき、背後から大きな声が飛んできた。

「恭子ちゃん！　あんた川崎さんちの恭子ちゃんだべ」

振り返ると海老茶《えびちゃ》色の毛糸の帽子を目深にかぶった「信《しん》寿司」店主の進藤信行《しんどうのぶゆき》が、大福餅のような頰を真《ま》っ赤《か》にして立っていた。小動物じみた小さな目は、嬉しさを隠しきれないように光っている。

「ああ、どうも。ご無沙汰してます」

故郷に帰って最初に言葉を交わすのが信寿司のオヤジだとは。

そんな恭子の胸の内をよそに進藤は長靴を履《は》いた足をちょこまかと動かして近づいてくると、まるで相撲取りを激励するかのように、恭子の肩を叩《たた》いた。

「お父さんとお母さん、喜んだっしょ。お宅、兄ちゃんはずっと札幌《さっぽろ》だべさ。子供が二人もいるのに、跡《あと》とってもらえないんではせつないべ」

恭子は無理に笑顔を作った。

「とりあえず、しばらくはゆっくりしようかなと」

「ああ、それはいい。五菱《ごりょう》商事ってところは大きな会社だけあって人使いが荒いんでしょ。お疲れさんだったねえ」

進藤は眉尻を下げると、しきりとうなずいた。帽子の先端がそのたびにひょこひょこと揺れた。

「このへんから東京に出る女の子がいないわけではないけど、恭子ちゃんみたいな仕事をしている娘は一人としていないさ。これまでよく頑張ったさ」

再び、肩を強い力で叩かれた。

「でも、このへんで働くところを探すのも大変でないかい？　東京の立派な大学を出てるんだからねえ」

「はあ……」

「落ち着いたら、商工会に相談に来てよ。ほら、オレも役員やってるから、力になれることあるかもしれないし。週明けにでも顔を出してみたらどうかね」

アスファルトから冷気が這《は》い上ってくる。その場で足踏みをしながら恭子は頭を下げた。

「ご親切にありがとうございます。そのうち寄らせていただきます。それじゃあ、私はこれで」

まだ話をしたそうな進藤の視線を振り切って商店街の入口に向かって歩き出した。進藤はさすがに追いかけてくる気はないようだったが、最後に大きな声が背後から降ってきた。

「したら、近いうちに美紀《みき》ちゃんとでも一緒にウチに寿司、食べにおいで」

誰が行くものか、と思いながらも、右手を挙げてひらひらと振った。

信寿司は冷凍モノのマグロやカナダ産のキングサーモンを平気で出す店だ。冠婚葬祭向けの仕出しもやっているから、体裁《ていさい》を整えるために全国共通のネタをそろえる必要があるという事情は分かる。でも、この地には、とびきりの魚があるというのに、そんなものを口にする気にはなれない。母親の手料理のほうが、百倍はましだ。そういえば、このところ外食ばかりだった。今夜は久しぶりにまともな食事にありつけそうだ。故郷に戻るというのは悪いことばかりでもないということか。

気がつくと「サイクルショップ川崎」はもう目の前だった。

店の前には、籠《かご》に特売の札をつけたママチャリが並んでいる。ガラス戸の奥にはママチャリのほか、子供用の自転車やマウンテンバイクなど二十台ほどがぎっしり並べてある。手前の作業場に父の姿が見当たらないほかは、一昨年の夏休みに帰省したときと全く変わらない。だが、よく見るとそうではなかった。店先の空気入れの脇に、鮮やかな青色の丸い缶が置いてある。百円ショップで売っている貯金箱のような形で、白のマジックで「空気入れは、百円を入れて使用してください」と書いてあった。空気入れは従来、無料サービスだった。

父と母は店の経営状態について何も話さないけれど、楽ではないことは察しがついていた。最近になって、一段と状況が悪くなったということだろうか。そんなときに自分の心配をさせてはいけない。

恭子は笑顔を作って戸を引いた。だが、扉はびくともしなかった。建て付けに問題があるのかと思って、両手で強く引いてみたが、同じことだった。父と母の二人が同時に店を空けることはないはずなのだが。不思議に思いながら、右隣の原田《はらだ》洋装店との間の細い通路に体を滑《すべ》り込ませた。通路の奥に勝手口がある。

「恭子ちゃん！」

そのとき名前を呼ばれた。向かいの並木《なみき》酒店から、女手一つで店を切り盛りしている並木和歌子《わかこ》が転がり出てくるところだった。

和歌子も話好きだ。長話になっては大変だなと内心思ったが、笑顔を作って頭を下げようとした。だが、和歌子の表情が尋常ではないことに気付いた。和歌子は色黒の顔を赤くして早口でまくし立て始めた。

「お父さんが大変なんだわ。昼過ぎに倒れて、救急車で運ばれて……」

藍《あい》色のエプロンでせわしなく手をぬぐいながら和歌子は言った。恭子の顔から一気に血の気が引いた。鼓動が速くなっていく。

「お母さんから、恭子ちゃんが来たら知らせてやってくれって言われていてねえ。携帯にかけたけど、つながらなかったみたいで」

飛行機に乗っていたときにかかってきたのだろうか。そういえば、釧路《くしろ》空港に着いた後、電源を入れなおした記憶がなかった。

「どこへ運ばれたんですか？　町立病院？」

和歌子は恭子に向かって手を伸ばしてきた。

「そう。そのバッグ、うちで預かっておいてあげるから、早く行きなさい」

恭子はキャリーバッグのハンドルを和歌子に渡すと走り出した。町立病院は町の中心から少し離れた三宅川沿いにある。駅前で客待ちをしているタクシーをつかまえて向かうのが、もっとも早い方法と思われた。

　脚が思うように動かなかった。大学のテニス部で四年間、ダッシュは女子部の誰にも負けたことはなかった。十キロマラソンだって難なくこなしていた。ところが今は、脳の指令に筋肉がついていけていない。焦《あせ》るばかりでスピードはたいして出ていない。いったい自分の体はどうなってしまったんだろう。きつめのジーンズをはいているということを差し引いても、体の動きがあまりにも鈍い。呼吸も苦しかった。

　ようやく白い駅舎が見えてきた。運がいいことに、薄緑色のタクシーが一台停《と》まっていた。ラッキー。恭子はきしむ体に鞭《むち》打って、ラストスパートをかけた。


　タクシーを降りると、この町でもっとも大きい建物に駆け込んだ。受付で父の名前を告げた。淡いブルーの制服を着た女は、内線電話で問い合わせをすると、五階にある病室の番号を教えてくれた。

　ひとまずほっとした。病室にいるということは、父は少なくとも生きているということだ。

　五階までエレベーターで昇ると、案内板で病室の位置を確かめ、そこへ向かった。部屋のドアは開いており、入口に四人の名前が掲げられていた。四人目が、川崎鉄三《てつぞう》、父の名前だった。

中に入ると、窓際のベッドのそばで入口に背を向けて座っていた母の民子《たみこ》が、振り向いて細面の顔をほころばせた。普段は色白な頬が紅潮していたが、それ以外は特に変わったところはなかった。

「怖《こわ》い顔してるね、あんた」

皺《しわ》を目元に刻みながら民子が言った。

「当たり前じゃない。それより父さん、どうなの？」

「大きな声出すんではないよ。皆さんにご迷惑でしょや」

民子は顔をしかめた。深い皺が鼻筋から頬にかけて何本も刻まれた。

「大丈夫だよ、とりあえず」

鉄三は目を閉じ、ベッドに横たわっていた。眠っているようだ。血色はそれほど悪くはない。むしろ、民子よりいいかもしれない。掛け布の胸の辺りは規則正しく上下していた。

恭子は、息を大きく吐き出した。体の筋肉が緩んでいった。

「狭心症《きょうしんしょう》だって。そんなにひどくはないから、手術は今のところ必要ないけど、この際、徹底的に検査してみましょうって先生がおっしゃってる。一週間ほど入院するらしいんだわ」

一週間の入院なら、それほど深刻な状態ではないはずだ。

「後遺症の心配は？」

「無理をしなければ大丈夫だとさ。まあお父さんも年だしねえ。このところ忙しかったし、体もずいぶん無理をしていたから。明日、先生から詳しい話があるから、あんたも一緒に聞いてね」

「分かった。兄さんは来るの？」

「当たり前だべさ。こういうときに長男が帰って来ないでどうする。札幌から釧路までは飛行機なら四十五分もあれば着くんだから」

兄が住む札幌市内から新千歳《ちとせ》空港まで一時間半かかる。さらに釧路空港から三宅町までバスで二時間近くかかるのだけれど、民子の頭の中では、それらの時間は省略されているようだった。

「厚子《あつこ》さんだって来てもおかしくないんだよ。まあ、トモ君が風邪を引いているっていうから、しようがないけど」

「母さん、声が大きいよ」

「ふん」

民子は、骨ばった白い指で掛け布の位置を直した。

恭子は改めて鉄三の寝顔を見た。父の顔をまじまじと眺《なが》めたことなんか、ずいぶんと久しぶりのことだ。眉は太く唇も厚い。今は閉じられている目は、くっきりとした二重で黒目がちだ。この地におよそ百年前に移住してきた曾祖父《そうそふ》は、鹿児島県の出身だという。おそらく父は曾祖父に似ている。そして、父の顔の特徴は恭子も受け継いでいた。よく言えば情熱的、悪く言えば濃い顔。東京で、北国の出身だというと怪訝《けげん》な顔をされたものだ。

父から受け継いだのは顔つきばかりではなかった。筋肉質な体と強靱《きょうじん》な心肺機能は、テニスで十分以上に役に立った。

父が体をもぞもぞと動かした。掛け布から手がにょきっと出てきた。短く切った爪の先が油で黒く染まっている。恭子は父の手を取って掛け布の中に戻してやった。

「これからは、お父さんにはお酒も控《ひか》えてもらわないといけないね。いい年していまだに毎晩、晩酌をしてたんだよ。それもビール大瓶一本ではきかないんだから。あんたも控えなさいよ。お父さんの前で飲んだらかわいそうだから」

恭子はうなずいた。しかし、自分はともかく、父が酒をやめられるのだろうか。ほかにこれといって趣味もない人なのに。とはいえ、やめさせるしかない。母が苦労しそうで少しかわいそうになった。

「じゃあ、あんたはしばらくここにいて。私はいったん家に戻って入院に必要なものを取ってくるから」

「私が行こうか？　疲れているでしょう」

「あんたじゃ分からないよ。お父さんのパンツがどこにあるかなんて」

民子はそう言うと、「よっこらせ」と口に出し、椅子から腰を上げた。

風呂から出ると、茶の間のコタツの上に信寿司から届いたばかりの寿司桶が重ねられていた。信寿司のものだと分かったのは、添えられている割り箸《ばし》の袋に、趣味の悪い真っ赤《まか》な信印が印刷されていたからだ。

「なんで信寿司なんかに頼んだのかな。私、駅の向こう側にあるすし豊《とよ》がよかったのに」

「こういうときに文句を言うやつがあるか」

二階から降りてきた兄の雄一《ゆういち》が、呆《あき》れたように言った。

雄一は鉄三のものとみられる海老茶色のセーターを着ていた。男にしては華奢《きゃしゃ》な肩をすぼめるようにしながら、コタツにもぐりこむ。雄一は駅からまっすぐ病院に行き、鉄三の顔を見てからここへ来たという。勤め先から新千歳空港に直接向かったということで、着いたときにはスーツ姿で、通勤用の鞄一つを提《さ》げていた。

「私はまだ二十代です。兄さんは四捨五入したら四十じゃない」

「するなよ、四捨五入なんて。それよりお前、お茶いれてきてくれ。体の芯《しん》が冷えてたまらない」

雄一は顎《あご》で台所につながる扉を示した。が、ちょうどそのとき、扉が開き、割烹着を着た民子が出てきた。お椀を載せた盆を持っている。

「ええっ、味噌汁なんてよかったのに」

「こんなもん十分もあったら作れるべさ。こんなときだけれど、二人がそろうのは三年ぶりだし。さあ、食べよう、食べよう」

「恭子、さっさと箸を配れよ。こっちは腹が減ってしようがないんだよ」

「何よ、偉《えら》そうに」

むくれながらも、恭子はくすぐったい気分だった。十年以上前に時間が戻ったかんじがした。

恭子が東京に出た年に雄一は結婚した。それ以来、毎年、札幌から帰ってくる兄は、兄嫁の厚子を連れていた。五年前からは二人の間に生まれた友樹《ともき》が加わった。厚子は気さくな人柄だし、友樹がいると話題に困ることもない。にぎやかで楽しいといえば楽しい。でも、新しい家族とともにいる兄は、自分が子供時代を過ごした兄とは違う人だった。さっきみたいな軽口を叩き合うことも、久しくなかった。

雄一はすっかりくつろいだ様子で、寿司をぱくつき始めた。民子も割烹着を着たまま、箸を取った。

恭子はまず味噌汁に口をつけた。箸の先で椀の底を探るとジャガイモとたまねぎが顔をのぞかせた。ジャガイモは恭子の、たまねぎは雄一の好きな具だ。

体が温まったところで寿司桶の中を改めてチェックした。期待はしていなかったけれど、ひどいものだ。乾燥したマグロと、鮮やかすぎるピンクのサーモン。血合いが妙に赤いはまち。食欲が急速に失せていく。

イクラは地のものだろうと思って、真っ先に箸を伸ばしてみたが、しょっぱさが尋常ではなかったし、弾力というものが感じられなかった。

「父さん、大したことがなくてよかったな。母さん、驚いただろ」

あっという間に寿司を平らげてしまった雄一が、味噌汁をすすりながらぽつりと言った。

「店で子供の自転車のパンクを直していたと思ったら、突然、倒れてしまったんだわ。びっくりしたけど、本人の意識ははっきりしていたから」

「これまで健康診断で異常はなかったんでしょう?」

「病気はなかったわ。でも血圧は百五十ぐらいあったからねえ。あと、お父さんはどうみても太りすぎだべさ。メタボなんとかというのがあるっしょ。あれ、注意せねばと言っていたんだけどねえ。あんたらも気をつけなさいよ」

「母さんもな。恭子は太っただろ」

「標準の範囲内だよ。それに私は、休みの日にはジムに行っていたもの。それより兄さんのほうがまずいんじゃないの? 昔から体が弱かったじゃない。仕事も忙しいんでしょう?」

「まあな。東京に出張に行かされることが多いし、ちょっと疲れ気味ではあるけど」

雄一は一瞬、考え込むような目つきをしたが、すぐに味噌汁を勢いよくかきこみ始めた。

寿司を片付け、恭子がお茶をいれてくると、柱時計が間の抜けた音を鳴らした。ボーン、ボーンという音が十回。恭子は全く眠くはなかったが、民子はそろそろ床に就く時間のはずだった。だが、民子は眠たそうなそぶりなど全く見せずに、湯飲みを両手ではさむようにしながら、恭子の顔を見た。

「それで店のことなんだけどね、あんた、しばらく店を手伝ってくれないかい?」

「うん、かまわないよ」

「よかった。修理やらなんやらは、私がなんとかするけど、自転車を動かしたりするのがちょっとねえ。私も腰があまりよくないものだから。お父さんにもしばらく無理はさせたくないし」

気弱な色が民子の目には浮かんでいた。滅多《めった》にないことだ。それを見ていると、胸が詰まるような思いだった。恭子は力瘤《ちからこぶ》を作ってみせた。

「力仕事なら任せておいて。しばらくはこっちにいるし」

ほっとしたように民子がうなずく。

「したら頼むわ。そんなに長く引き止めるつもりはないから。お父さんが、もう店はやっていけないと納得できれば、それで私はかまわないと思っているし。まあ二、三ヶ月ばかり頼むわ」

雄一が唇をなめた。

「店を閉めるつもりなのか?」

民子は音を立ててお茶をすすると肩をすぼめた。

「隣の原田さんは、今年いっぱいでおしまいにすると言ってた。洋装店なんて今時、流行《はや》らないからねえ。客を隣町に去年できたショッピングセンターにとられてしまったんだよ。文具の青木《あおき》さんも、店を畳《たた》むことを考えていると言ってた。文具なんて主に子供が使うもんだべさ。子供の数がこれだけ減ってしまってはねえ」

「自転車もやっぱりダメか?」

民子はうなずいた。

「時代の流れってもんだろう。でも、お父さんはまだ頑張るってきかなくてね。商店街から店が一つ、また一つと消えていったら、年寄りが買い物をする場所がなくなってしまう、そんなことは自分の目の黒いうちは許さないって」

「確かにショッピングセンターっていうのは、車がないと行きにくいからなあ」

雄一がうなずいた。

昼間、バスの車窓から見た青い看板を思い出した。あのコンビニだってそうだ。駅前からバスで五分といっても、住宅が多くある駅の北側から歩いて行くには遠すぎる。

「儲《もう》かりはしないけれど、うちは借金もないし、赤字を出さない程度にやっていければいいと思っていたんだけど、これからお父さんに無理はさせられないからね」

民子の表情からは残念だという気持ちはあまり伝わってこなかった。むしろ、さばさばとしているように見える。それが強がりなのか、本心なのか恭子には判別がつかなかった。寂《さび》しくないはずはないと思う。三十年にもわたって、自転車屋一筋でやってきたのだから。だけど、長い時間をかけて、民子はあきらめるということを覚えたのかもしれない。もしかすると、兄や自分が三宅を出たときから、いつかその日が来るという覚悟ができていたのかもしれない。

「俺がこういうことを言うのもなんだけど、そろそろ潮時《しおどき》なのかなあ」

雄一がお茶をすすりながらつぶやいた。長男のくせに無責任なように思えて腹が立った。でも、恭子にしたって、自分が跡を継ぐとは言えない。しかし、母はともかく父はそれでいいのだろうか。父の体はなんとかなりそうだけれど、今後の展望は決して明るくはなさそうだ。

そのとき、民子は皺を引き伸ばすように目を大きく見開いた。

「いけない、忘れてた」

体をねじり、電話台の上の壁に張ってあるカレンダーを目を細めて見た。

「今日は金曜日だったかい」

「うん、そうだけど」

民子が天井を仰ぐようにすると、恭子の顔を見つめた。

「とりあえずあんた、明日、お父さんの代役をしてくれないかい」

「代役って何の？」

民子の目がかすかに笑った。困ったような笑みだった。

「私もよく分からないんだけれど、ママチャリレースとかいうものに、お父さんたちは出場するらしいんだわ」

雄一が激しく咳き込んだ。お茶にむせてしまったようだ。目に涙をため、苦しそうに口元をぬぐいながらも雄一は笑い出した。

「なんだよ、それ。ママチャリでレースをするのかよ！」

「うん。なんでも、帯広《おびひろ》のあたりで百キロを十人でリレーみたいに走るらしくて。観光客を呼びたいっていうことらしいけど、今年の夏、テレビ局とかも入って大々的にやるらしいんだわ。三宅町の名前を全国の人に知ってもらうって商工会で盛り上がっていてね」

ママチャリでレースか……。鉄三が、前籠がついたカラフルな自転車を必死で漕《こ》ぎながら目の前を走りぬけるところを想像したら、思わず笑えてきた。

雄一もニヤニヤとしている。同じことをおそらく想像したのだろう。

「で、お父さんが世話人をやっているんだわ。ウチがこんな商売をしているから、頼まれちゃってね。もちろん、お父さんは自分も出るつもりで張り切っていたんだけど、こうなってしまってはねえ。さっき注文の時に信寿司さんにでも連絡をしておくべきだったけど、今日はもう遅いからねえ。明日の朝、みなさんが練習で集まるはずだから、そこに恭子が行って説明してくれないかい」

「それはいいけど。お父さんの出場は無理だって言えばいいんだよね」

「それじゃあ他の人に悪いだろ。お前が代わりに出場してくれないかい？」

「ええっ、私が？」

のけぞりながら民子の顔を見ると、しきりにうなずいていた。

「恭子なら運動神経がいいし、皆さんも喜んでくれると思うんだけど」

「いいじゃないか。お前にぴったりの役目だ。せっかくだから、この際、年寄り連中に軽い筋トレなんかも教えてやればいい。レースはともかく、転倒防止とかに役立つだろう」

「それはいいね。この年になると何より足腰だからね。腰痛にきく体操とかもやったらいいんでないかい」

「おっ、それって地域貢献だな」

本気なのか、ふざけているのか。雄一が無責任に言いはなった言葉に民子が大きくうなずいた。

「とりあえず明日は頼むわ。お父さんたぶん明日、目を覚ましたら一番にそのことを言い出すと思うから」

　そうまで言われると、断れるものではなかった。明日の午後に荷物が届かないと、運動に適した服がないと言い訳しようかと思ったが、その前に民子が立ち上がって押入れを開いた。

「服がいるべさ。ちょっと小さいかもしれないけれど、私のを貸してやる。毛糸の帽子もあったほうがいいね」

　恭子は小さくため息をついた。

「じゃあまあ、明日、皆さんに報告がてら、レースってものがどんなもんだか聞いてくるべさ」

　十八のとき以来、ずっと封印していた「べさ」が口をついて出た。

「うん。ありがとう。朝六時に川沿いにあるナナカマド公園の噴水の前で集合だって」

「ええっ？　五時起きしないといけないってこと？」

「店をやってる人もいるから」

　押入れの衣装ケースを探っていた民子は、焦《こ》げ茶色のダウンジャケットを引っ張り出すと、恭子の手に押し付けた。防虫剤の臭いがした。

「したら、帽子も出しておくから、あんたはもう寝なさい」

民子はそう言うと、ちゃぶ台の食器を手際よくお盆に載せて、台所へと去った。その後姿を見送っていると、雄一が「すまないな」と言いながら片手で拝むようなしぐさをした。

「しようがないよ。明日のことだけではなくて」

「いや、明日のことだけではなくて、まあ、運動にもなりそうだし」

雄一はコタツの天板にだらっと乗せていたひじを下ろすと、背筋を伸ばした。

「俺、日曜の夜に札幌に戻る。明日、医者の話を聞いて、手続きとかできることは全部やっていくつもりだけど、その後は……。来週は東京出張が入っているし、帰ってこられないかもしれない。なんだか、お前に押し付けるみたいで悪いんだけど」

雄一は札幌に本社を置く警備サービス会社に勤めていた。社長が二代目に替わってから業績が著しく伸びており、M&Aも積極的に進めている。そういえば、先月の新聞には業界三位の規模に浮上したと書いてあった。雄一が勤務しているのは経営企画室だった。忙しさは並みのものではないだろう。

「私と母さんでなんとかなると思うよ」

「すまん。厚子をこっちによこしてもいいんだけれど、結局、友樹が一緒だから、戦力にはならないと思うんだ」

「最近、トモ君の調子は?」

「相変わらず虚弱でなあ。すぐに熱を出してしまう。線が細いっていうか……。まあ俺も厚子もあまり強いほうではないから、遺伝だろうな」

そう言うと雄一は恭子の肩のあたりをじろじろと見た。

「お前は相変わらず、がっちりしてるなあ。体力もありそうだし健康そのものってかんじで、羨《うらや》ましいよ」

「一応、体力じゃなくて知力で仕事をするタイプだったんだけどな、私」

雄一はククッと笑った。

「いいじゃないか。褒《ほ》めてるんだよ。何が嫌で辞めたのかは知らないけど、まあお前なら、そのうち再就職できるだろ。ウチだって、応募してきたら採《と》ると思うぞ。最近、体力自慢の女の子って少ないから」

冗談とも本気ともつかない顔つきでそう言うと、雄一は「そろそろ寝よう」と言って腰を上げた。

◆

東の空が白み始めている。すみれ色の雲は、桃色に変わるのを心待ちにしているようだ。市街地はすぐに視界から消え、のどかな河川敷が視界に入ってくる。この町のシンボルでもある三宅川。川幅は五十メートルぐらいだろうか。水は澄んでいるが、草がすっかり枯れてしまい、土肌をさらしている土手を見ていると「小鮒釣りしかの川」という気分にはならない。

風があまりにも冷たかったので、恭子はペダルを漕ぐスピードを緩《ゆる》めた。

自転車は父が普段使っているというママチャリで、ボディーの色は紺。プラスチックの前籠の右端が欠けていた。自転車店のオヤジがこれでは格好つかないだろうと思うのだが……。手入れはきっちりされているようで、タイヤはちょうどいい具合にアスファルトを嚙《か》み、ブレーキもレバーを軽く握るだけできゅっと利《き》く。

それにしても寒すぎる。手首が凍りつきそうだった。民子に借りた焦げ茶色のダウンジャケットの袖が短すぎるのだ。時々、袖口を引っ張るのだけれど、軍手を嵌《は》めた手と袖の隙間を覆うことはできず、そこに冷気が嚙み付いてくる。

ダウンはそもそも恭子には小さすぎた。ファスナーを首元までしめると胸のあたりがはちきれそうになるので腹のあたりまでにして、胸元はこれまた民子に借りたウールのマフラーできっちりと覆っている。

ついに鼻水が出てきた。汚いなあと思いながらもしようがないので軍手を嵌めた指先でぬぐった。

ようやく前方に公園が見えてきた。恭子が町を出た後にできたもので、車の中から見かけたことはあるが、入るのは初めてだ。入口には案内板があった。噴水は門を入ってすぐのところにあるらしい。公園自体は奥のほうにゲートボール場まで備えているようだ。なかなか立派な公園だ。でも普段、利用者がどれほどいるのかは定かではない。共同浴場でも作るほうが町の人たちにとってはありがたいのではないか。

ペダルを漕ぎ進むと噴水が見えてきた。正確には噴水のある池の囲いが見えてきた。中央に立っている女性の石像が手にしている瓶《かめ》からは、一滴の水も噴出していなかった。朝早いせいだろうか、それとも冬場だからか。理由はよく分からないけれど、この寒さの中で水しぶきを目にして、気分が明るくなるわけでもないので、しごく真っ当なコスト削減の方法だ。

噴水を取り囲むように配置されているベンチの一つの周りに何人かが固まっていた。そばには自転車が五台、停められている。ママチャリレースの参加者の一団とみて間違いないだろう。鮮《あざ》やかな赤の上着を着ている人もおり、年寄りばかりメンバーというわけでもなさそうだ。少し気が楽になった。軍手の指で鼻の下をこすり、鼻水の跡がついていないことを確かめ、ペダルを漕ぐ脚に力をこめた。

自転車を降りると、五人のまなざしがいっせいに注がれた。その中の一人、赤い上着の女が、驚いたような声を上げた。

「あれっ、恭子じゃないかい。久しぶりだねえ。帰ってくるっておばさんに聞いていたけれど、ここで会うとは思わなかったわ」

防寒用のマスクをかけていたが、声で誰だか分かった。

「私だって美紀がいるとは思わなかったよ」

須藤《すどう》美紀は小学校から高校まで一緒に過ごした仲だった。まさか彼女がメンバーだとは思わなかった。

恭子は他の四人に向かって「おはようございます。川崎恭子です」と言いながら頭を下げた。

四人のうち一人は小太りの中年女だった。柴犬《しばいぬ》じみた顔に見覚えがあるけれど、名前を思い出せない。その隣に立っているのは、すっきりとした顔立ちの男だった。四十前後といったところだろうか。大柄ではないが体にバランスよく筋肉がついているのが、分厚い上着ごしでも分かった。もう一人は日本手ぬぐいを頭に巻いた胡麻塩《ごましお》頭の初老の男。確か商店街のはずれにある東《ひがし》工務店の店主だ。そして最後の一人は信寿司の進藤だった。

自転車のスタンドをたてながら、自分の格好を思い出した。小さすぎるダウンに軍手。下は寝巻き用のジャージの下にタイツをはいているし、頭には民子から借りた小豆《あずき》色の毛糸の帽子をかぶっている。どうせ年寄り連中しかいないだろうと思っていたから、気にもしていなかったけれど、さすがに美紀の前では恥ずかしかった。

といっても、いまさらどうしようもない。

「恭子ちゃん、鉄三さんはどうしたんだべ」

進藤がスキー用のグローブを嵌めた手を握り合わせながら尋ねた。

「実は昨日ですね……」

恭子は父が倒れたこと、一週間ほど入院することを簡潔に伝えた。

「あれまあ、そうだったんかい」

柴犬女が、心配そうに眉を寄せた。

「でも、命に別状はないし、たいしたことはないです。心配かけて申し訳ないです」

「いや、まあ大事にならなくてよかった、よかった」

進藤が言い、他のメンバーも「よかった、よかった」と繰り返した。

「ただ、当分の間、父は激しい運動をできないと思うので、私が代わりにメンバーとして参加させていただこうかなと思っているんです」

もろ手を挙げて歓迎されるはずだと思った。町内の運動会でリレーの選手として鳴らした自分は、六十過ぎの父よりもずっと強力なメンバーになるはずだ。高校のときテニスの北海道大会でベスト四まで残ったときには、町内報に写真が出た。

だが、五人はお互いの顔を探るように見合わせている。美紀は寒いのか、しきりに足踏みをし始めた。

「あの……」

「なあ、鉄三さんの出場が難しいとすると、ちょっとここらへんで考え直したほうがよいんでないかい」

東工務店が進藤に向かって言った。

「うーん」と言いながら進藤が腕を組む。「鉄三さんが引っ張ってきたプロジェクトだから。鉄三さんがいないとなると、確かに話は変わってくるべさ」

プロジェクト、という言葉が進藤の口から出ると、なんだか胡散《うさん》臭くて笑いそうになった。だいたい、ママチャリレースをプロジェクトと呼べるのだろうか。だが、空気は重く、笑っていい雰囲気ではなかった。

そのとき美紀が口を開いた。

「でも、せっかく練習もつんできたし……。もう少しみんなで頑張ってもいいかなと思ったりもするんだわ」

美紀は同意を求めるように、それまで一言も口をきいていない四十がらみの男の顔を見た。だが、男は唇を嚙んで、考えるように目を閉じている。

「したけど、今日だって和夫《かずお》たちは来ないべさ」柴犬女が投げやりに言った。「若い人で真面目に出てきてくれているのは美紀ちゃんと池野《いけの》さんだけになってしまったしょ。我々年寄りばかりが頑張っても、しようがないような気がするんだわ。とりあえず、今朝は解散でいいんでないかい。体も冷えてきたし」

「ならばそうするべさ。今後のことは、鉄三さんが退院したら相談するってことで」

「ほうだな。そうすべ」

　なんとなく話がまとまった。

「したら、これで解散ということで。恭子ちゃん、大変なところせっかく来てもらったのに悪かったな」

　進藤はそう言うと、年季の入ったグレーのママチャリにまたがった。ほかの人間もそれぞれ自分の自転車に乗り、「したらまた」と言って、公園の入口のほうへ向かって漕ぎ出した。

　民子の話とはずいぶん違う。町のみんながママチャリレース出場に向けて乗り気だと聞いていたけれど、実際に張り切っていたのは鉄三ひとりだったということではないだろうか。そうでなければ、進藤たちのそっけない態度に説明がつかなかった。

「恭子、一緒に帰ろうよ」美紀に肩を叩かれた。「時間があるならウチの店でコーヒーでも飲んでいく？」

「もう店開けるの？」

「店は八時からだけれど、家までいったん帰るのは面倒だからね」

　美紀はそう言うと、華奢な体を翻《ひるがえ》すようにして自転車にまたがった。いつの間にか周囲はすっかり明るくなっていた。空全体が明るくなり、かすかに自動車が行きかう音もする。

「さあ恭子、早く行こう。冷え切ってしまう」

二人で並んで自転車を漕いでいると、高校の頃を思い出す。たまにこうやって二人で帰った。恭子はテニス部、美紀は吹奏楽部で、部活動がない日が重なることは滅多になかったけれど、そういう日は必ず二人でそろって学校を出て、三宅駅のそばにある町内唯一のお好み焼き店、「おたふく」に寄ったものだった。

大声で笑いあい、試合で勝ったとき、負けたときに一緒に涙を流す部員たちも好きだったけれど、いつも一緒では息が詰まる気がしていた。一人だけ実力が飛びぬけている恭子に対して他の部員が遠慮しているのではと思えることもあった。のんびりとしていて、テニスのルールもろくに知らないけれど、いつもふわふわと笑っている美紀は、一緒にいて居心地がよかった。

「おたふくってまだある？」

美紀は笑いをこらえるような表情を浮かべると、自分も同じことを考えていたのだと言った。

「まだあるって。今度、二人で行ってみようか。おばちゃんはすっかり白髪になっちゃったけどね。それよりしばらくこっちにいるの？　おばさんから会社を辞めたって聞いたけど」

「うん……。連絡しなくてごめん。帰ってきてから話そうと思っていたから」

「なんも。そんなこと気にしないでいいから。それよりほんとうに寒いわ。急ごう」

恭子と美紀は、腰を浮かせてペダルを勢いよく漕ぎ始めた。


美紀が雇われ店長をしている喫茶店ティファニーは、町の南側を東西に走る道路沿いにあった。昼間はランチ、夜は簡単な食事と酒も出す何でも店で、こんな田舎《いなか》にしてはしゃれた内装であるせいか、地元の人たちに人気があった。

自転車を店の裏に停めると、美紀はカギを取り出して勝手口から入った。まだ六時半を少し回ったところだった。

暖房をつけると美紀はマスクと帽子を取った。懐かしい友の顔が現れた。色白で目がくりっとしている。もうすぐ三十に手が届こうという女に対する褒《ほ》め言葉としてはヘンかもしれないけれど、可愛いという形容詞がこれほどしっくりくる女は、なかなかいないと思う。髪の毛は軽く染め、ショートカットにしていた。

手早くエプロンをつけると、美紀はカウンターの向こうに入り、薬缶《やかん》を火にかけた。恭子は美紀と向かい合うように、スツールに腰掛けると上着と帽子を取った。つぶれた髪の毛を指で膨《ふく》らませていると、美紀が声をかけてきた。

「ずいぶん髪の毛、伸びたねえ。そういうふうにカールするの、東京では流行っているの？　なんだか女優さんみたいだわ」

「手入れが面倒だからねえ。そのうち切ろうとは思ってるんだけど」

「したら、愛子《あいこ》ちゃんが釧路の美容院で働いてるから行ってみたら？」

「愛子ちゃん、結婚して美容師をやめたんじゃなかったっけ」

「子供が小学校に上がったから、もう一度勤め始めたんだわ」

子供が小学生か……。でも、この町ではそんなに若い母親というわけでもないだろう。

話しながらも美紀は忙しく手を動かしていた。香ばしい香りがあたりに漂い始めた。カウンター越しに手渡してくれたコーヒーは、味もすばらしかった。冷え切っていたからだが芯《しん》から温まっていく。

「さっきのママチャリレースのことなんだけど、ウチの父が強引に町の人たちに声をかけたのね」

美紀は目を瞬《まばた》くと、形のいい唇をすぼめて小さく笑った。

「計画が持ち上がった頃は、瑞垣《みずがき》君たちもやる気まんまんだったんだけどね」

「あの人確か、商工会の青年部で部長をやってるんだったよね」

やはり同級生で水産物加工販売会社の跡取り息子、瑞垣和夫の顔を思い浮かべながら言うと、美紀はうなずいた。

「一ヶ月ぐらい前までは、盛り上がってたんだわ。まだ雪が残ってる頃だったから早朝練習なんかできなくて、夜に集まって飲みながら作戦を練るだけだったんだけど。瑞垣君たちは、優勝すれば町のPRになるとか、町のマーク入りのウィンドブレーカーのデザインをどうするとかで、熱っぽく話し合っていた。私なんかノリについていけなかったもの。でも、練習が始まるとたんに腰砕けになってしまって。何せ朝早いっしょ。初めは二十人ぐらい参加していたんだけれど、そのうちみんな来なくなってしまったんだわ。最近では、ママチャリレースなんかに出たって、この町が変わるはずはないなんて言い出す人もいてね。まあ、そういう状況だから小島《こじま》のおばさんみたいに、真面目な人が怒るのも無理ないんだわ」

柴犬顔の女が小島という名前で、タクシーの運転手をしていたことを思い出した。

「じゃあやっぱりチームは解散かなあ。お父さん、ちょっとかわいそうな気もするけれど」

美紀は顎を軽く引いた。

「私は、やってもいいんだけどねえ。さっきの雰囲気ではちょっとね」

美紀はのんびりとした性格だけれど、思ったことははっきりと口にする。

今日、目覚めているはずの父に会うとき、このことを話さなければならないと思うと、少し気が重かった。体調が悪いときに、気落ちさせるのも申し訳ない。だけどいずれは話さなければならないことだから、早く話してしまうほうがいいかもしれない。

美紀はリモコンでテレビをつけた。NHKのニュースをやっていた。画面に映っているのは秋葉原《あきはばら》の電気街だった。新しいゲーム機の発売日らしく、男たちが店頭に群がっている。

美紀はため息をついた。

「すごい人。別世界のことみたいだわ。ここらあたりでは人が集まること自体、もうあまりないもの。町から出て行く人は多いし、高校から釧路に出てしまう子らもいるぐらいだから、これからますます人は少なくなるだろうね。最近、シャッターが閉まったままの店も増えてきたし、ほんと暗い話ばかりだわ。恭子のお父さんはそういう空気を変えたかったんだろうね」

「だから参加してくれたの？　悪いね」

「まあいろいろとあって」

美紀ははぐらかすように言うと、そろそろモーニングの仕込みをしなければと言い、冷蔵庫から卵のパックを取り出し、大きな鍋に水を張ってガスにかけた。

恭子の前のコーヒーカップはいつの間にか空になっていた。どうしようかなと迷っていると、それに気付いたのか美紀がコーヒーをつぎ足してくれた。

「で、会社、辞めたんでしょ。しばらくこっちにいるの？」

「当分はね。父がこんなことになったし」

「そうだねえ。でもまあ、お父さんが元気になったら、どっかに出たほうがいいわ。ここは恭子みたいな人が楽しく暮らせるところではないから」

皮肉ではない。美紀は同情するように眉を寄せていた。だから美紀が好きだった。

高校のときテニスで道大会のベスト四に進出したことも、東京の有名私大に進学したことも、恭子にとっては、自然なことだった。だが、大多数の人はそうは思ってくれなかった。

恭子ちゃんは、特別だから。

いつもそんな言葉に取り巻かれていた。その裏には「だから、自分たちの仲間ではない」という意味がこめられているように思えた。鼻持ちならない人間だと思われるのではないかと、いつでもびくびくしていた。そのせいか必要以上に明るく気さくに振舞う癖がついてしまった。いつも笑顔の仮面をつけているようで、窮屈でしようがなかった。だから、この町を出たかった。

でも、美紀の前では、仮面をはずせた。美紀もまた、自分と同じような気持ちを抱いているはずだから。

カップを口に運ぶ美紀の横顔は、女の自分でも見とれてしまうほどきれいだ。白くふっくらとした頬に、長く濃いまつげに縁取られた印象的な大きな目。彼女もまた、特別な存在だった。

「それよりさ、美紀はどうするの？　そういえばこの間、釧路の人とお見合いするって言ってなかったっけ」

「うん。でも、どうもピンとこなかった。やっぱり三宅を出たくないしね」

「付き合ってる人は？」

美紀の表情がかすかに動いた。

「なんだ、ちゃんといるんだ。なら、さっさと結婚すればいいじゃない」

「いや、まだそんなところまではぜんぜんいってなくって。私が気になっているっていうだけで」

美紀は恥ずかしそうに目を伏せると、湯から卵を引き上げ始めた。

少し寂しかった。やはり美紀みたいにきれいで女らしい娘には、相手が現れるものなのだ。同僚の大半が男性という職場にいたのに、さっぱりモテなかった自分とは違う。焦《あせ》ってつまらない男に引っかかった苦い思い出がよみがえり、恭子は舌打ちをもらしそうになった。

三宅の人間で同年代の男たちの顔を脳裏に思い浮かべ始めた。だが、誰をとっても美紀と合うとは思えなかった。そのとき、恭子の胸にピンとくるものがあった。さっき会った見知らぬ男の顔が浮かんだ。すっきりした顔立ちで長身。しかも、この町には似つかわしくない知的な空気をまとっていた。たしか池野といった。

たぶんあの男だ。それ以外に考えられない。でも、美紀が自分からそう言い出すことはないはずだ。

「そういえばさ、さっき練習に来ていた四十歳ぐらいの男の人は、三宅の人ではないよね」

案の定、美紀の頬がぴくっと動いた。

「去年の春、水産試験場に赴任してきたんだわ。その前は東京に住んでいたみたいだけど」

「そんな人がまたなんであんなレースに？」

「上司に無理矢理勧められたみたい」

「この店にも来たりするの？」

「たまにね」

決まりだと思った。さて、どうしたものか。引っ込み思案の美紀には、その先の行動を自分から起こすのはどうせ無理だろう。親友のために一肌脱いでやることに恭子は決めた。

美紀のためばかりとはいえないかもしれない。父の入院と店の今後。気が重くなるようなことばかり考えていては、気分が落ち込んでしまう。当分は仕事を探しに札幌に出ることもできないだろう。自分には、前向きなミッションが必要だった。

「ふーん。水産試験場って興味あるな。どんなことをやっているんだろう。ねえ、来週にでも一緒に池野さんの職場に遊びに行かない？」

「ええ？　いきなり何よ、それ」

「ああいう施設って、一般の人に研究を説明するのも仕事のうちってところがあるから大丈夫なはずだよ。まあ、事前に電話一本ぐらい入れておいたほうがいいと思うから、美紀が頼んでおいてよ」

美紀は呆れたように息を吐いた。

「相変わらず強引だわね。それより、お父さんのほうは大丈夫なの？」

「入院といっても、たいしたことはないから。というわけで、よろしく」

恭子はカップをカウンター越しに美紀に手渡した。反論されないうちに退散するつもりだった。やるべきことがあるのは、いいことだ。楽しいことなら、なおさらだ。

美紀は困ったように眉を寄せ、コーヒーカップを手に持ったまま、かすかに首を縦《たて》に振った。


ベッドに半身を起こした鉄三は、思いのほか血色がよかった。白いものが混ざった無精ひげが生えてなければ、病人とは思えないぐらいだ。眉毛の一本一本がてんでんばらばらの方向を向いているのが、ちょっと笑える。命に別状はないという医師の見立てに間違いはなかったようだ。民子と雄一もほっとしたような表情を浮かべていた。

「もう大丈夫なんだろ？　俺は退院する。こんなところにいつまでもいられない」

「そんなこと言ったって。まあ、ゆっくりすればいいじゃありませんか。店は恭子が手伝ってくれるから大丈夫だし」

民子がなだめるように言ったが、鉄三は不満げに鼻を鳴らした。

「恭子がね……。まあ、猫よりは多少、ましかもしれないがたいして役に立たんだろう」

「オヤジ、いい年してわがまま言うなよ。おとなしくしてろって。それにいくら気分がいいといっても、狭心症なんだぞ」

「医者がヤブなんじゃないのか」

「お父さん、声が大きいよ」

「ふん、まあ一週間ぐらい入院するのはこの際、しようがない。我慢する。だけど家に帰ってからも激しい運動をするなとか、酒を飲むなとか、余計なお世話だ。店もあるんだし、おとなしくなんかしていられるか。それにレースのことがある。俺がいないと、しまらないべさ。せっかく盛り上がっているのに」

民子が恭子の顔をちらっと見た。病院に来る前に、民子と雄一には今朝の状況を話した。その結果、鉄三に事実を告げ、あきらめさせようと決めていた。

鉄三は空気を読めない男ではない。最近の雰囲気から、状況は分かっているはずだった。

恭子は鉄三に話しかけた。

「あのね、お父さん。私、今朝、お父さんの代わりに練習に行ってみたんだ」

ほう、というように鉄三が眉を上げた。

「けれど、集まっていたのはたったの五人だった。これからのことは、お父さんが退院したら、一度ゆっくり話し合いましょうって進藤さんが」

鉄三が大きく目をむいた。

「話し合い？」

「やる気がある人が減ってしまったけれど、どうしましょうかってことだと思う」

「なんだそれはっ！」

鉄三は掛け布をぎゅっと握り締めた。顔が紅潮している。

こういうふうに興奮するのも、血管にはよくないのではないだろうか。少なくとも、血圧が一気に上昇していることは間違いない。

「まあ、とりあえず退院してからのことだわ」

民子がなだめるように言ったが、鉄三は激しい剣幕でまくしたてた。

「そんなことを言っていられるか。要はやめたいっていう腰抜けが出てきたってことだろうが。おい、母さん、信寿司に電話してきてくれ。今すぐ、ここに来てもらう」

「まあまあ、お父さん。そんなふうに興奮したら体にさわるでしょうが」

「だいたい最近、和夫らが練習をサボり始めたのが悪いんだ。若いもんが、まったくだらしない」

鉄三は拳をドンと枕に叩きつけた。こうなってしまうともう恭子には手がつけられない。だまって首をすくめているだけだ。雄一も同じで、目をそらすようにしながら首をわずかに傾けている。だが、民子は動じなかった。音をたててお茶をすすりながら、のんびりと言う。

「みなさんいろいろと忙しいからねえ。仕事の前に練習に出るのも大変なのかもしれないっしょ」

「ふんっ。どいつもこいつも。俺はよーく分かった。三宅のことをちゃんと考えているやつは誰もいないってことだべ」

鉄三は腕組みをすると、窓の外を見た。胸が大きく上下している。

かわいそうだなとは思ったが、ここまで怒れるということは、鉄三の体調がそれほど悪くなく、気力も充実している証拠だったから、恭子は少し安心した。

「恭子が俺の代わりをすれば全然問題ないべ。もともと恭子が帰ってくると聞いたときから、レースに出てもらうつもりだったんだわ。居候《いそうろう》なんだから、そのぐらい働いてもらわないと。それにこの町でお前ができることなんて、ほかにないだろ。せめて飯ぐらいまともに作れたら、母さんも楽になるのに、お前と来たら仕事だテニスだといって、ろくに女の仕事ができないんだから」

「なんでそういう方向に話を持っていくわけ？」

「おっ、なんだその目は。俺の言っていることが何か違っているか？」

「お父さん、いいかげんにしなさいよ。恭子も」

鉄三は横になると掛け布を顎の上まで引き上げた。だが、かっと目を見開き、天井を睨《にら》んでいる。

「まあ店のこともレースのことも、おいおい考えよう。とりあえずオヤジは先生の指示をきっちり守って病気を治すことだ」

雄一がその場を取りまとめるように言うと、腕時計をちらっと見た。

「さてと、そろそろ退散するか。東京から恭子の荷物が届くんだろ？」

「ああ、そうだったね。引越し屋の人を待たせてしまったら申し訳ないね。それじゃあお父さん、また後で来るから、ゆっくり休んでください」

三人で口ぐちに別れを告げたが、鉄三は一言も口をきかなかった。

店先から漂ってくる魚のにおいが鼻腔をかすめた。幼い頃からずっとこのにおいに包まれて生きてきた。普段は感じることもない。だが、疲れているときにはなぜか鼻につく。

瑞垣和夫は肩をぐるりと回すと、パソコンの画面から目を離した。親指と人差し指で目頭を押さえた。

午後からずっと、干物や乾物をネットを通じて注文してくれる顧客向けのメールマガジンの原稿を書いていた。

「究極のいくらしょうゆ漬け　特別セール実施中♪」

「ホタテスモーク　是非一度、この味を！」

……疲れる。ネットショッピングのヘビーユーザーは、若い世代だ。だが、水産加工品を頻繁に取り寄せられる経済力を持つのは中高年。その両方に訴えかけるような文章など、学校の作文をまともに書いたこともない和夫に、思い浮かぶはずもなかった。

一服しようと思って灰皿を引き寄せたとき、店のガラス戸が勢いよく開いた。腰をかがめるようにして人影が入ってくる。今日、三人目の客だろうか。時計を見ると、午後三時を回ったところだった。

「和夫ちゃん、いるかい？」

信寿司の進藤の声だと気付き、和夫は思わず腰を浮かせかけた。店の奥に引っ込もうと思ったのだ。だが、進藤の視線はすでに和夫をとらえていた。しかたなく煙草に火をつけると椅子に座ったまま、頭を下げた。

進藤はせかせかとした足取りでカウンターテーブルまでやってくると、壁際に立てかけてあるパイプ椅子を勝手に広げて座った。話に付き合うしかなさそうだった。

「おーい、お茶出してくれ！」

和夫は奥の部屋で伝票整理をしているはずの理江《りえ》に向かって、大声で呼びかけた。

「お茶はいいんだけど、話があるんだわ」

海老茶色の毛糸の帽子を取りながら進藤が言った。何の話かは見当がついていたので、和夫は先手を打つことにした。

「すみません。今朝はちょっと忙しくて朝練は……」

「そのことさ。川崎さんが狭心症で入院してしまったんだわ」

「ええっ？ で、具合は？」

「命に別状はないらしいわ。一週間もすれば退院だって。でも、レースのほうがねえ」

進藤は小さな目を瞬きながら、テーブルにひじをつくと、上目で和夫の顔を窺《うかが》うようにした。

「和夫ちゃん、どう思う？ この際、レースに出るのはやめたほうがいいんではないかい。川崎さんがいないと始まらないっしょ」

「それはそうですね」

「それが、青年部の総意ってことでよいかい？ 実は、鉄三さんがさっき病院から電話をかけてきて、えらい剣幕で怒鳴《どな》られてしまったもんだから」

和夫は他のメンバーの顔を思い浮かべた。たぶん、文句を言う人間はいないだろう。皆、朝練の厳しさに辟易《へきえき》していたのだから。

川崎鉄三がママチャリレースに出場しようと発案したときは、酒の席だったこともあり、「是非やろう」と盛り上がってしまった。「リーダーは川崎さんしかいない」と、彼を持ち上げたのも自分だ。だが、まさか大真面目に練習をするとは思わなかった。和夫たち若手は、お祭り騒ぎができれば、それでよかった。勝ち負けなど関係なく、皆で騒げる口実があればよかった。

「問題ないっすよ。総意ってことにしておいてください。川崎さんがいなくては始まらないって。実際、そのとおりだと思うし」

ただ、一人だけ気になる男がいた。水産試験場の池野という男で、よそ者だった。上司に命じられて参加したと言っていた割に熱心に朝練に通っていた。彼の意見も聞いてみようか、と言いかけたがやめた。せっかく知り合いになったから飲み会に来ないかと誘った時、彼が一瞬笑った後、冷ややかに断ったことを思い出したからだ。

あんなとりすましたよそ者のことを気にする必要はない。

進藤はうなずくと、理江が持ってきた湯飲みからお茶をすすった。

「したら、言っとくわ。鉄三さんは、自分の代わりに恭子ちゃんが練習を指導するから問題ないって言っているんだけど、そうもいかないっしょ。都会の娘さんだからねえ」

「恭子が戻っているんですか？　でも、そんなに長くはこっちにいないっしょ。大きな会社で忙しくしてるはずだから」

　進藤が小さな目を見開いた。

「俺、和夫ちゃんに言ってなかったっけ？　恭子ちゃんは、会社をクビになって戻ってきたんだわ」

「ええっ？　恭子が？」

「まあ、詳しいことは鉄三さんも民子さんも言わないけれど……。ほら、最近、景気があまりよくないっしょ。役にも立たない女子を雇っておく余裕はないってことではないかい」

　和夫は恭子の顔を思い浮かべた。子供の頃から、きかん気な目をしていた。いつでも仲間内でリーダー的な存在だった。ああいう人間が都会に出るのに適していると思っていたのだが、彼女でもやっていけないようなところだったのだろうか。

　進藤が腰をあげた。

「そろそろ仕込みがあるから、行くわ。それじゃあ、鉄三さんには青年部のメンバーが、本業多忙のため、レース出場は断念せざるを得ないと言っとくから」

　いつの間にか、青年部のせいで、計画が頓挫《とんざ》したことになっている。だが、みんなは分かってくれるだろう。進藤の行動パターンは有名だった。

そのとき、今度は本当の客らしき人影が店の入口に現れた。二人連れだ。季節はずれの観光客だったらよいのに。

「理江さん、お茶、ごちそうさん」

進藤は奥に向かって声をかけると、ちょこまかとした足取りで出て行った。

品物を物色する初老の夫婦を横目で見ながら、和夫は近いうちに一度、恭子を歓迎する会を開かねばと考えていた。

どんな事情かは知らないが、帰ってきたものを温かく迎えてやるのが、筋のような気がした。だが、不安が和夫の胸をよぎった。

恭子はそれを望んでいるだろうか。気が強くて自信家だった彼女が、どんな気持ちで会社を辞め、故郷に戻ってきたのか、想像がつかなかった。もし、進藤が言っていたことが正しければ、都落ちということになる。

自分から電話をするべきではないかもしれない。それに、恭子は同級生ではあったけれど、特別に親しい間柄ではなかった。正直に言うと、彼女の押しの強さが和夫は苦手だった。卒業して以来、同窓会など以外で会ったこともなかった。

三年前に商工会の青年部長になってから、何かと人の世話を焼くのが癖になってしまったようだ。

店内を見回っていた二人連れは、ようやく買い物を決めたようだった。ホッケの干物の箱を二つ抱えて、奥に向かって歩いてきた。和夫は商売用の笑顔を作ると、腰を上げた。

2章　金の卵

　三宅での生活が始まった。朝は母とともに七時に起きる。母が作った朝食を摂《と》ると、表に出て店のシャッターを上げる。それから夜の間、店内に入れてあった特売の自転車を店先に出す。結構な力仕事だった。一台ならともかく、十台ほど運ぶと、運動不足気味の体にはこたえた。

　体の痛みよりも、胸の痛みのほうが大きかった。

　明日、父は退院してくる。だが、この作業を父にやらせるわけにはいかない。腰痛持ちの母にも無理だ。ということは、自分が三宅を出るとき、サイクルショップ川崎の歴史が幕を閉じる。

　店を閉めても父と母が暮らせないことはないだろう。多少のたくわえはあるはずだし、年金も近い将来、入ってくるようになる。それで足りなければ、自分と兄で仕送りをすればいい。だが、店とともに生きてきた父と母は、店なしで暮らしていけるのだろうか。彼らに趣味といったものは、とりたててない。二人で一日中、茶の間でテレビの前に座っていることになるのだろうか。

その想像は、恭子の気持ちを暗くした。

自分が三宅に残れば、これまでどおり、細々と店を続けることができるだろう。父と母は、それを望んでいるのではないか。見えないくびきが自分にはめられているような感覚を覚える。

東京の大学に進学するときには、そんなことは全く意識していなかった。自分の人生は自分のためにあると信じて疑わなかった。あの頃は父も母も元気だったし、店も今のような状態ではなかった。

自転車を運びながら、手元を見た。結局、マニキュアは塗りなおしていない。除光液でふき取り、爪は短く切ってしまった。でも、このモノクロームの世界に骨をうずめる覚悟はつかない。

そのとき、向かいの並木酒店から和歌子が出てきた。朝だというのに、やけに元気一杯だ。

「おはようさん。民ちゃんから聞いたけど、お父さん、明日退院なんだって？　よかったねえ」

「おかげさまで。激しい運動とか、重い荷物とか持たなければ普通に生活できるみたいです」

和歌子は笑いながら、恭子の肩をばんばんと叩いた。

「したら、恭子ちゃんが店を手伝ってあげないとな。あんた、ちょうどいいときに帰ってきたもんだ」

「はあ……」

「婿《むこ》さん探すっていうのはどうかね。なんだったら、私も心当たりに聞いとくよ。あとでウチに寄るといい。今日はいい羊羹《ようかん》があるんだわ。民ちゃんと三人で一緒に食べよう」

和歌子は上機嫌でそう言うと、鼻歌を歌いながら自分の店に入っていった。

複雑な気分だ。

店の奥から民子が呼ぶ声が聞こえた。早速、何か仕事を言いつけられるらしい。

でも、これでいいのかもしれない。体を動かしているほうが。今日、明日から仕事を探し始めるつもりもなかったし、これからのことを考えると気分が落ち込んでしまう。そういうときは、とにかく動き回ることだ。

「はい、はい、すぐ行きますっ」

恭子は明るい声を出した。

自転車店の仕事などたいしたことはないと高をくくっていたのだが、それは大間違いだった。自転車一台運ぶぐらいはどうっていうこともないのだけれど、五台、十台となると体がきしんだ。

さらにそれらの埃《ほこり》を払い、ボディーを磨き上げる。値札のマジックの文字は少し色あせているから、ずいぶん前から売れ残っているものなのだろうと察しがついた。自分だったら、さらに値を下げて、なるべく早く売り払ってしまうのだが、経営のことに口を出す立場ではないと思い直す。

開店の準備をすませると、民子から病院に顔を出してくるように指示された。気が進まなかったので、自分が店番をしていると言ったのだが、午前中に新しい商品が搬入されるから、民子が店にいなければならないのだという。

ならばしかたがないと思い、商店街のはずれの月極駐車場に停めてある鉄三の車で病院に向かった。自転車の配達に使うこともあるワゴン車で、ペーパードライバーに等しい恭子にはひどく運転しづらかった。

病院に行く前に、先週、釧路空港からのバスの窓から見えたコンビニに寄ってバニラヨーグルトを買い、車内で食べた。先週まで毎日のように食べていたものなのに、ずいぶん久しぶりに食べたような気がした。

病院では、仏頂面《ぶっちょうづら》の鉄三が待っていた。着替えを渡し、お茶をいれてやる。鉄三がレースのことをむしかえし始めたので、早々に退散することにした。鉄三は進藤に連絡を取り、恭子がリーダーを引き継ぐから練習を続けるようにと指示を出したそうだ。だが、主力メンバーである商工会青年部が、レースへの出場を断念したいと通告してきたのだという。鉄三は恭子に、青年部長の和夫を説き伏せるようにと命じた。適当に返事をしておいた。

帰りの車の中で、ちょっと寂しく思った。東京で働いていた娘が突然、会社を辞めて帰ってきたのだ。そのことについて、何か話があってもいいものではないだろうか。二人きりになったのは、今朝が初めてだったのだから、普通はそういう話をするのではないだろうか。レースのことのほうが大事とは……。

だが、不思議なことに民子も同じように、会社を辞めた理由について多くを尋ねなかった。気を遣《つか》ってくれているのだろうと思ったし、正直、そのほうがありがたかったけれど、何も訊かれないというのもそれはそれで寂しい。

もしかすると、訊けないのだろうか。仕事を辞めたことについて話をしたら、今後のことにも触れざるを得ない。二人は口には出さないけれど、やっぱり自分にこの町に残ってもらいたいのではないか。そんな気がした。

病院の駐車場から車を出しながら、恭子はため息をついた。

会社を辞めていなければ、今回のことがあっても、三宅にいつくことなど考えもしなかっただろう。悪いことというものは、本当に重なるものだ。

恭子が日本の三大商社と呼ばれる五菱商事を辞めたのは、三月末のことだった。四月の新年度の異動の内示が発表された翌日、辞表を出した。

勤務していたのはヘルスケア事業部の医療機器部門。はっきり言って胡散《うさん》臭い職場だった。欧米の医療機器を日本の病院に売り込むのが主な業務なわけだけれど、医療機器のように専門的な製品は、総合商社の得意分野ではない。しかも、顧客となる病院と商社との付き合いはほとんどないに等しいから、販売ルートも一から開拓しなければならない。

扱っている医療機器にも問題があった。エックス線診断装置やCTのように主だった医療機器は、外資系メーカーが日本法人を設立して、日本市場の開拓に余念がない。心臓血管を治療するステントやカテーテルにしたって、知名度はいまひとつながらも、外資系がしっかりと日本に根を張っている。そんな状況の中で、商社が食い込む余地がある製品と言ったら、怪しげな眼科治療器とか、ベンチャー企業の製品とか、いわゆる隙間製品に過ぎなかった。

しかもやっかいなことに病院というのは、民間企業とは全く違う人たちの集まりだった。一言で言うと、偉《えら》そうで世間知らず。医者ばかりでなく事務部門の職員さえ、官僚か学校の先生のよう。つまり、企業社会の常識というものがまるで通用しない人たちだった。

ヘルスケア市場の急速な伸びが見込めるというシンクタンクの調査を真に受けた能天気な役員の鶴の一声で新設された部署だったが、売り上げが伸びるわけもない。設立三年で早くも消滅することになった。

自分は悪くない、と恭子は思う。出来る限りのことはやった。相手の靴をなめるような営業だって、正しいとは思わなかったけれど、必要だと思ったからやった。病院の事務局長のゲロを始末してやったこともあるし、キャバクラにだって連れて行ってやったこともある。そこらへんは元体育会の強さだ。目的さえあればなんでもできる。

納得できなかったのは、部署が消滅すると決まったとき、部員にダメ社員という烙印《らくいん》が押されたことだった。異動が決まる前から、全員、閑職に就かされるか出向させられるという噂《うわさ》が流れていた。そこまで冷たくないだろうと思っていたけれど、内示の日、しかめっ面《つら》の部長から言い渡されたのは食品子会社への出向だった。そしてその夜、部員同士の憂《う》さ晴らしの飲み会で辞令は片道切符であることを知らされた。出向が解かれたときに引き取ってくれるはずの部署が消滅したのだからしかたがないといえばしかたがない。でも、あまりにもひどい仕打ちだと思った。

五菱のブランドにこだわっているわけではない。入社のときに体育会の先輩のコネを使いまくって、成績不問で入れてもらった「歩兵」ということは重々、承知している。それでも、自分に対する処遇に納得はできなかった。

商社に入ったのには理由があった。途上国で大きな仕事をしてみたかった。中国でリサイクル事業を立ち上げるとか、中東で油田開発に携《たずさ》わるとか、そういうわくわくするようなことをやりたかった。貧しい人、困っている人の役に立ちたかった。ボランティアとかそういうことではなく、彼らとビジネスを一緒に立ち上げたかった。体力には自信があるし、ポジティブシンキングが得意な自分にはぴったりな仕事だと思っていた。

だけど、食品子会社に出向してしまえば、そのチャンスがめぐってくることはないといっていい。

ならば再起だと思った。五菱という大会社を捨て、中堅以下の商社に移れば状況は変わってくるはずだ。同業者の知人にそれとなく聞いてみると、三十前なら転職はそう難しくないとも言われた。

すぐに五菱を辞める必要はなかったかもしれない。子会社に勤めながら、次の職場を見つけるのが理想的なのだろう。でも、そういうのは性に合わなかった。すぐに辞めると決めているのに、新職場の人たちの前でニコニコ笑いながら「よろしくお願いします」と頭を下げるなんて潔《いさぎよ》くない。新職場の人たちに対して失礼というものだ。

卑怯《ひきょう》はするな。馬鹿と笑われても潔癖でいろ。

子供のころから、鉄三に幾度となく言われていた。三宅のようなゆっくりと時間が流れる土地だけで通用する人生哲学なのかもしれない。でも、それを捨てる気にはなれなかった。捨ててしまったら三宅という町、そして父母と自分をつなぐものが何一つなくなってしまうような気がする。

そして、頑《かたく》なに父の言葉を守っている自分だからこそ、三宅を再び出ることに、抵抗を覚えているのだろう。父と母が困ると分かっていながら、この町を出る。それは立派な卑怯のような気がした。

もちろん商社にいた経験から言うと、店は畳むべきだった。この数日、働きながら民子からいくつかのことを聞き出し、それが正しい道だと分かった。まず、新車なんてほとんど売れない。一週間に二、三台も出ればいいほうだという。おもな収入源は修理。はっきり言えば、ただ働き同然の状態だった。

店を立て直す策など浮かばない。たとえ、自分が三宅に残って店を手伝ったとしても、いずれジリ貧に陥《おちい》る。それはもう、自然の摂理みたいなものだ。だから、自分が遠慮をする必要などない。

そうは思ってみても、気持ちは揺れる。父が戻ってくる。しばらくは寝たり起きたりの生活になる。それがいつまで続くか分からない。母ひとりにすべてを押し付け、出て行くだけの思い切りのよさが、自分にはあるのだろうか。

かといって自分の人生を捨てる気にもならない。いや、人生を捨てるというのは大げさかもしれない。美紀や和夫のように、この町に根を張って生きていくことを決めた人たちがいる。自分だって、この町で暮らしていけないことはない。

東京や札幌と比べると、何もない。嫌になるほど何もない。けれど、三宅のほうが勝《まさ》っていることだって、いくつかあるはずだ。そういうものに目を向けて生きていくのも悪くはないかもしれない。

三宅のほうが勝っているものとは何か。まず魚介類が豊富で美味《おい》しい。イカなんて透き通っている。そして空気がきれいだ。鼻をかんだら、すぐに違いが分かる。

あとは……。すぐには思い浮かばないけれど、何かあるはずだ。

恭子はハンドルを握りなおした。とりあえず後で考えよう。交通量が少ないとはいえ、優秀とはいえないドライバーが物思いにふけりながら運転するのは、飲酒運転並みに危険な行為だった。ふと窓の外を見ると、高校の同窓会でよく利用していた居酒屋が、看板を取り外された無残な姿をさらしていた。飲酒運転に対する罰則規定が厳しくなったせいだろう。

町は眠りにつこうとしている。父と母は、その中に飲み込まれていく。もしかすると自分も半分ぐらい足を踏み入れているのかもしれない。

駅前のロータリーを通り過ぎ、破れたちょうちんを横目で見ながら商店街に車を進めた。家の前を通り過ぎるとき、並木酒店の店先で軽トラックにビールケースを積み込んでいる和歌子の姿が目に入った。和歌子も運転席の恭子に気がついた。何か言いながら、大きく手を振る。後でお茶を飲みに来いとでも言っているのだろう。軽く右手を挙げてこたえる。その瞬間、和歌子の顔に底抜けに明るい笑みが広がった。この地に根を張って生きてきた人の顔だった。

美紀は五時三十分に白い軽自動車で迎えに来た。白いダウンジャケットを羽織っており、まるで兎《うさぎ》のようだ。今日は淡いピンクの口紅をつけており、色の白さがいっそう目立っていた。目の縁もマスカラで彩《いろど》られている。

「ねえ、本当に行くわけ？　それより二人でどこかで食事をしようよ」

車を出しながら、美紀は気がすすまないように言った。だが、彼女は恭子と目を合わせようとはしなかった。

「池野さん、私たちのことを待っているんだから、行かないと悪いよ」

「そうかなあ」

まったく手がかかる。恭子は少し意地悪をしてみたくなった。

「何か行きたくない理由があるとか？」

美紀の唇が子供のように尖《とが》った。何も言い返してはこない。

「さ、早く行こう。時間に遅れてしまうから」

車のスピードが少し上がった。

三宅川を渡る橋から見た西の空は、見事なオレンジ色に染まっていた。紫色の雲が沈み行く太陽にわずかにかかっている。山が黒い影となってそびえていた。まるで絵葉書のようだ。心が柔らかくなるのが分かった。もう一つ、三宅が勝っているものがみつかった。

「こういうのを見ると、三宅も捨てたもんじゃないね」

「こういうのって？」

「夕日だよ。贅沢《ぜいたく》だよ、これは」

「ふーん。私にはぴんとこないけど」

美紀はフロントガラスに視線を向けたまま、関心がないように言った。

橋を渡り、海沿いに五分ほど走ると、右手に灰色の三階建てが見えてきた。ぱっと見たかんじは役場のようだ。古びたコンクリートの壁には黒い染みがいくつも見て取れた。

「でも、見学だなんて。変人だって思われないかな」

「私に任せておけば大丈夫。適当に質問するから。美紀は関心があるふりをしながら、上品にうなずいていればいいよ」

美紀は一瞬、考え込むように眉を寄せると、はにかむように微笑《ほほえ》んだ。

「気が付いてたんだ」

「うまくやってね」

「とりあえず、ありがとう」

車を駐車場に停めると、二人は玄関にまっすぐに向かった。入口はガラス戸になっており、鍵はかかっていなかった。入ってすぐのところに受付窓口があった。中をのぞいてみると帰り支度をしている中年男が一人だけいた。男は小柄な体をのけぞらせるようにして二人を交互に見た。彼の表情は、若い女が訪ねてくることなど滅多にないことを物語っていた。池野と面会の約束をしていることを告げると、男は軽くうなずき、内線電話をかけた。そして、入口のホールにあるソファで待っているようにと重々しく告げた。

空気にはかすかにカビのにおいが混ざっていた。ビニール張りのソファは、ところどころに亀裂が入っている。予算が潤沢ではないようだ。公的機関だから、つぶれることはないだろうけれど。
二、三分ほど待っただろうか。ホールの奥にあるエレベーターの扉がきしみ音をあげながら開き、紺色のジャンパーに身を包んだ池野が現れた。
美紀は緊張しているせいか、しきりと瞬《まばた》きをしていた。そして、救いを求めるような目で恭子を見た。恭子は時間をとってくれたことに対する礼を述べながら、面映《おもは》ゆそうな笑みを浮かべている池野を観察し続けた。

濃いが太くはない眉は上がりぎみ。目元は涼しげだ。冴えないジャンパーの代わりにスーツを着せ、髪の毛を少々撫で付けてやれば、丸の内のオフィス街を歩いていても違和感がない。だが、恭子の元同僚たちとは、決定的な違いが一つあった。顔かたちや姿といった目に見えるものではない。ビジネスの最前線で働く人たちに特有の活力のようなものが、彼の体からは感じ取れなかった。それどころか、倦怠感《けんたいかん》のようなものをまとわりつかせている。派遣社員がいれるお茶を飲みながら、一日中、書類とにらめっこをして、仕事をしているふりをしていた斜陽部署の年配社員が漂わせていた空気と似たものだった。

　彼らのように外見が老け込んでいない池野が、そういう空気をまとうとある種の雰囲気がある。それは、魅力と受け止められないこともなかった。少なくとも、この町で恭子が知っている誰にもないものだった。

「それでは早速、ご案内しましょう。飼育棟は別棟なんですが、二階の渡り廊下を通って行きますから」

　池野はなまりのない言葉で言うと、二人を促《うなが》してエレベーターの脇にある階段を上り始めた。

「なんであなた方は水産研究に興味があるの？　熱帯魚を飼っているとか？」

「そういうわけではないんです。実は私、最近まで商社で働いてたんです。新しい技術の芽を発掘するのが、趣味みたいなものなんです。それでちょっと興味があって」

「ああ、なるほどね。でも、ＩＴとかバイオテクノロジーならともかく、水産分野の研究なんて地味ですよ」

　池野はそう言うと、低い声で笑った。がっしりとした背中が少し揺れた。

「たいてい研究者の方ってそうおっしゃいますけれど、地味な研究ほど、将来的に大きな市場性を見込めたりするものなんですよ」

「そういうものですかね」

それきり池野は黙り込むと、渡り廊下を抜け、金属製の重そうなドアを押し開けた。その向こうには、大きな空間が広がっていた。生簀《いけす》のような水槽が所狭しと並んでいた。中央には小型のプールのようなものまである。

「たいして珍しいものはありませんけどね」

池野はそう言いながら、最も手前の水槽の前で説明を始めた。

「これはサケの稚魚ですね」

目をこらすと水槽の中を数センチの小さな魚が、勢いよく泳ぎまわっていた。

「サケはご存知のとおり、稚魚を放流するんですが、その餌《えさ》のコストを抑えなければならないんですよ。そのためには、早く成長させる必要がある。そこで、有効な餌を探っているというわけです」

池野が水槽の壁をコツコツと叩くと、魚たちがいっせいに驚いたように向きを変えた。

その様子が面白くて、恭子と美紀は顔を見合わせて笑った。よかった。美紀の緊張もほぐれてきたようで、自分から池野に話しかけた。

「どんな餌を試しているんですか?」

「そうですね、油の一種なんですが……」

そういうと、池野は目元を緩め、優しい表情になった。

「これはまだ特許申請をしていないから、お話しできないな。でも、あなた方もたまに口にする種類の油ですよ。だから、体にも安全というわけです」

それから、いくつもの水槽を見て回った。ハタハタ、スケトウダラ、ホッケなど、言われてみるとそれと分かるのだが、泳ぎ回っている姿と、食卓に上るときの姿は案外、違うものだと気付かされた。生きている魚の、力強い動きに恭子はつい見入ってしまった。

あらかたの水槽を回り、説明を受けたとき、恭子は自分の右手にある小さな水槽にふと目を留めた。何かが光ったような気がしたのだ。なんだろうと思って顔を近づけてみる。

そして、大きく息を呑んだ。体長十五センチほどのその魚は、見事な虹色《にじいろ》をしていた。関サバや関アジよりも、もっとはっきりとした色で、輝きが強い。形こそ平凡だがこんな色合いの魚を目にしたことはこれまでなかった。

「池野さん、これは何ですか？」

恭子が尋ねると、池野は戸惑うように目を伏せた。分からないのだろうか。別に恥ずかしいことではないように思えた。これだけの数の魚を飼育しているわけで、中には知らないものもあるだろう。

そのとき、水槽をのぞきこんでいた美紀が口を開いた。

「きれいな色ですね。形はししゃもに似ているみたい」

言われてみればそうだった。柳の葉に似た流線型は、なるほどこの地方の特産物であるししゃもと似ていた。

恭子と美紀の視線をまともに受けたせいか、池野が少し顔を赤らめた。そして、ゆっくりと顎を引く。

「ええ、そうなんです。でも、普通のものとはちょっと違うんですよ。僕が研究をしているんです。まあ、僕の趣味みたいなものです。あまり長期飼育はしない魚だから」

「すごく美味《おい》しそう」

恭子は思わずつぶやいていた。

地元産のししゃもは恭子の好物だったけれど、帰郷して以来、一度も食べていなかった。ししゃも漁は毎年秋に行われるが、この時期でも冷凍モノは手に入るはずだった。キュウリに似た香ばしい香りを思い出すと、生唾《なまつば》がわいてきた。しかも、目の前にいるのは、普通のししゃもではない。いかにも美味しそうな色をしており、丸々と太った体には肉がみっしりとつまっていそうだ。

「これもさっきのサケみたいに、餌か何かを変えたんですか？　あるいは遺伝子とか染色体とかをいじったんでしょうか」

「餌って言うか、栽培方法ですね」

「栽培って？　魚は飼育するもんじゃないんですか」

「いえ、我々研究者は通常、栽培って言うんです。そして僕が考えた新しい方法も安全ですよ。化学物質なんかは全く使っていないので。美味しいですよ。まだ手法が完全に確立はしていませんし、これは僕が片手間にやっている研究だから、実用化されるかどうかも分からないけど」

池野がそっけなく言った。

遺伝子を組み替えていたりしたら、口にするのはためらいがあるけれど、栽培方法が違うぐらいなら、たいしたことはない気がした。それに、美味しいですよと言うからには、池野はすでに食べている。

「あの、それ食べてみたいんですが。ダメですか？」

池野は驚いたように目を見張り、美紀が恭子の腕に手をかけた。ずうずうしすぎるということだろうけれど、恭子は自分の興味を抑えることができなかった。

自分の舌を満足させたいということだけではない。これは売れると直感したのだ。

秋になると三宅町でも水揚げされる北海道産のししゃもは、高級志向の消費者の間で愛好されている。それは、スーパーなどで一般的に売られている樺太《カラフト》ししゃもとは品種が違う。味も全く違う。肉質はより繊細で、焼いたときに皮の部分が香ばしく、肉からはキュウリのような香りがほのかに立ち上る。その味に慣れたら、樺太ししゃもなんてバター焼きにしてビールのつまみにするぐらいしか、価値がないように思えるぐらいだ。

だが、値段が高い。東京に住んでいたとき、近所のスーパーでは五匹千円で売られていたから、なかなか口にすることはできなかった。しかし、買っていく人はいた。

従来の北海道産ししゃもを超える品質のししゃもを、この町の特産品として売り出したらどうだろう。もちろん、池野が研究しているという栽培方法が、コストを度外視したものだったら話にならないけれど、もし、そうでないとしたら、実用化の芽はあるはずだ。うまくいけば、ちょっとしたブームを起こせるかもしれない。少なくとも、ママチャリレースなんていうものに出場するより、この町を活気付けるために有効と思えた。

「お願いです。どうしても食べてみたいんです」

ずうずうしいとは思ったが、ものは試し。町のために何かやってみたい。

恭子は勢いよく九十度に体を折った。そのまま十秒間静止する。美紀が居心地悪そうに、小さく咳払《せきばら》いをした。そういえば、美紀のために今日はここへ来たのだった。でも、こんな美味しい種を目の前にして、おとなしくなんてしてはいられない。

「じゃあ、まあ少しだけなら。干したやつが上の研究室の冷凍庫に入っているので、それをお出ししますよ」

根負けしたように池野が言った。

「ありがとうございます。でも、この生のものもお願いできませんか？　刺身でも食べてみたいんです」

「恭子……」

とがめるように美紀が言ったが、恭子はもう一度、池野に頭を下げた。

「お願いします、是非」

腹から元気のいい声を出した。池野は肩をすくめると、水槽の脇に立てかけてあった柄つきの網を手に取った。


その部屋は細長いテーブルを挟んで二十人ほどが座れるようになっていた。セミナールームという札が部屋のドアにかかっていた。壁際にはラックが置いてあり、水産研究に関する雑誌類が並んでいる。奥に小さな流し台とガスコンロがあり、簡単な調理ができるようになっていた。

池野は流し台の下からまな板と包丁、そして魚を焼く網を取り出した。

美紀はカーディガンのそでをまくりあげ、流しで手を洗うと、「手伝います」と言った。

「じゃあ、焼くほうをお願いします。僕は刺身を作るから」

美紀はうなずくと、池野がテーブルに置いたパウチ袋を開いた。美紀の手元を覗き込む。干しても、鮮やかな色は健在だった。ますますいい。網を載せてコンロに火をつけると、美紀は凍ったままのそれを細い指先で器用に並べた。やや四角張った姿をしている雄《おす》と、腹の辺りが丸く膨らんだ子持ちの雌《めす》二本。樺太ししゃもは子持ちの雌のほうが人気が高いが、北海道産は必ずしもそうではなかった。肉をたっぷり味わえる雄を好む人も多い。一本ずつ味わえるのはありがたかった。

池野は白い小さなまな板をテーブルに置き、慣れた手つきで雄を三枚に下ろしていた。ししゃもの刺身自体、食べるのは恭子にとって何年ぶりかのことだった。ししゃもは傷みやすく、生のものが手に入るのは、地元でも水揚げの時期ぐらいだ。秋に帰省することなどなかったので、めぐり合うことが久しくなかった。

香ばしい香りが立ち込め始めた。

池野は調理を終え、プラスチックの皿にししゃもの切り身を盛り付けている。

「そこの冷蔵庫から、しょうゆとわさびを出してもらえませんか」

池野に言われて恭子は、流し台の隣にある二ドアの小型冷蔵庫を開いた。研究員の私物らしいペットボトルのほか、ケチャップ、マヨネーズなどが入っていた。ヨーグルトまである。この部屋は、職員が弁当をつかう際に主に利用されているようだ。

しょうゆとわさびは、棚の奥のほうにあった。それを取り出しテーブルに戻ると、かすかに湯気がたっているししゃもを皿に載せた美紀もやってきた。

「どうぞ。刺身もできましたよ。申し訳ないけれど箸がないので、手でつまんでください」

恭子は真っ先に焼いた雄を指でつまみ上げ、顔に近づけた。鼻腔一杯に広がる青い匂い。だが、かすかに甘みも感じ取れた。なんだか懐かしくなるような匂いで、食欲をそそる。焼いたせいで多少、色はあせているが、表面に浮き上がった脂《あぶら》のせいか、上品な輝きを放っている。

頭からかじった。香りがさらに濃くなった。表面はしっかりした食感なのに中はふわっとしていて、骨は容易に嚙《か》み砕ける。そして舌の上に広がる芳醇《ほうじゅん》な海の味。

ああ、これはただものではない。

舌の神経を尖《とが》らせて、そのすべてを味わいつくそうとした。ふと横を見ると、美紀も夢見心地の表情で、口元を動かしている。

間違いない、これは美味。極上の味だ。

雌の卵も絶品だった。ししゃもの卵というより、からすみにも似た味だ。コクがあるのにしつこくない。そしてやはり青いような甘いような不思議な匂い。

「こんな美味しいししゃも、食べたことありません。すばらしいの一言です」

恭子は、感じたままのことを池野に伝えた。美紀の感想も全く同じだった。池野は目元を緩めると、刺身も試してみるようにと促した。

皮をはいだ肉片は、恭子の記憶にあるものと比べて、光沢があった。ぬるっとしたそれをつまみ、まずはわさびもしょうゆもつけずに、口の中に放り込んだ。

脂のうまみが口の中に広がり、続いてさっぱりとした肉汁の味。二つの味が口の中で溶け合い、言葉が出ない。十分味わい尽くした後、名残《なごり》を惜《お》しみながらそれを飲み込み、もう一片はわさびとしょうゆをつけて食べた。これもいい。すごくいい。

「このししゃも、事業化の話は進んでいないんですか？」

「そんな話は……。そもそも、まだ研究として完成していないし」

「特許は？」

「だから、さっきも言ったようにこれは僕の趣味みたいなもので、そんな段階では」

むしろそのほうが好都合だ。ヘンな横槍を入れられずにすむ。恭子はいったん気持ちを落ち着けるため、流しで指先を洗った。そして池野に向き直った。

「これ、私に任せてもらえませんか」

池野が何を言い出すのだ、といったふうに眉を寄せた。

「事業化の手伝いを私にさせてください。役所から助成金を取れば研究は早期に完成しますよね。それを町ぐるみで実用化するんです。その間に大々的に、この虹色ししゃもの知名度を上げ、全国にアピールして……。こういうものって売り出し方次第なんですよ。いくらいいものでも地味にやっていてはしようがないっていうか」

話しているうちに、頬が熱くなった。

虹色ししゃもで町おこし。ちょっと間が抜けているけれど、インパクトはある。

商社にいたら、手がけてもよかった。企画書をうまく書けば、上の許可を取る自信もある。

そもそも自分がやりたかったのは、規模こそ違うが、こういう仕事だったのではないか。そして、それさえあれば、自分はこの町で何年かは楽しく生きていける。

だが、恭子の期待とは裏腹に池野の表情は硬かった。研究者は自分の仕事が世に出ることを夢見て仕事をしているものだ。それを後押しすると言っている。なのに、彼の目には喜びどころか静かな怒りがこもっているようにみえた。

「僕はそういうことは望んでいません。やめてください。迷惑だ」

小さい声で、しかしはっきりと池野は言った。

「でも、だったらなんで研究をしているんですか？　自分がこの美味しいししゃもを独り占めするためですか？」

池野は目をすぼめると静かに言った。

「あなたは何の権利があって、僕にそういうことを言うわけですか」

そりゃあ権利なんてない。でも、そんなことを言い始めたら、商社のビジネスなんて成り立たない。面白いものを拾い上げ、それを世に広く行き渡らせる道筋をつけるのが、仕事なのだから。そんなことを池野は一から説明しないと分からないというのだろうか。そこまで浮世離れしている人間には見えないのだが……。

それまで固唾《かたず》を飲むようにして二人の顔を交互に見つめていた美紀が、勇気を振り絞るように一歩前に出た。

「恭子、あなたがおかしいわ。池野さんのおっしゃるとおりだと思う。もうその話はやめにしよう。池野さん、本当に申し訳ありません」

まるで保護者のように、池野に向かって頭を下げる美紀を恭子は黙ってみているしかなかった。

「とにかく今日はこのへんでお引取り願いましょうか。僕はもう少し仕事をしてから帰りますので」

池野はそう言うと、テーブルの上に出しっぱなしになっていた皿を手に取った。美紀がはじかれたように彼に駆け寄り、「私が洗います」といって、皿を池野の手からもぎ取った。

水音はすぐにやんだ。

「それでは僕はこれで。エレベーターを降りたらすぐに玄関ですから」

池野は冷たい目をして言った。

◆

「久しぶりだねえ、恭子ちゃん。雄一は元気かい？　まあ入ってよ」

小柄な体を左右に落ち着きなく振りながら、磯崎弘和《いそざきひろかず》が釧路庁舎水産課の戸口まで出てきた。磯崎は三宅商店街のはずれにある米穀店の息子で、雄一と同級だった。釧路にある大学を卒業し、そのままこの町にいついている。

大部屋の中央あたりにある談話スペースに恭子を座らせると、磯崎は自分の手でお茶をいれてきた。薄かったが、香りは悪くない。凝《こ》り固まっていた首の辺りの筋肉がほぐれていくような気がする。

朝、あわただしく開店の準備をしてから、父の車で釧路までやってきた。池野には断られてしまったが、虹色ししゃもの話を役所にすれば、事業化に道が開けるのではないかと思ったのだ。強引かもしれない。でも町のためになることならばやってみたいし、自分が多少、悪く言われたって構わない。

まずは世間話でもと思って父が倒れた話をした。磯崎は男にしては薄い眉を寄せた。

「大変だね。恭子ちゃんがしばらく世話をするの？」

そのつもりだと言うと、磯崎は納得したようにうなずき、他人事《ひとごと》ではないと言った。彼は一人息子だった。

「そろそろ親が弱ってくる年だからなあ。かといって、俺もこっちにいついてしまったし、女房や子供のことを考えると、三宅には帰れないからなあ。それで今日は？」

恭子は早速、三宅水産試験場で見た虹色のししゃもについて、話を始めた。

「本当に美味しいんですよ。あれを売り出せば、絶対に高級品種として人気が出ると思います。私がいた五菱商事に話を通して協力してもらってもいいし。試験場は公立だから、役場から話をすれば、なんとかなるかなと思って、弘和さんを頼ってきたんです」

「しかしねえ、突然そんなことを言われても。試験場の研究成果は毎年、報告を受けているはずだし、その中から有望なものを選んで、事業化を進めているはずだよ。それが僕たちの仕事だからねえ」

「私もよく分からないんですが、その研究って池野さんが本業の傍らに趣味的にちょぼちょぼやっているもので、報告もされていないんじゃないかと。もし報告があったら、絶対に事業化の話が持ち上がると思うんですよ」

　磯崎は鼻をかくと、資料を調べてみるからしばらく待つようにと言って席を立った。お茶を飲みながら待っていると、磯崎はプリントを何枚か手に戻ってきた。

「調べてみたよ。でも、池野研究員の名前が入っている研究テーマは、サケの稚魚を効率的に育成する餌の開発っていうのしかなかった。まだ、報告もできないような段階の研究なんではないかな」

「でも、私は確かにこの目で見たし、食べたんです。この手の研究って、初めは小規模でやって、うまくいきそうなら規模を大きくしていくんでしょう？　少なくとも小規模実験には成功しているはずです」

「そうなのかなあ。しかし、報告があがっていないことにはね。騒ぐほどのものではないような」

首をかしげながら言う磯崎を見ていると、イラついてきた。彼とは小さい頃、テレビゲームで一緒に遊んだこともあった。小学校、中学校を通じて、そこそこ成績もよく朗《ほが》らかな性格のせいか、人気もあった。でも、今、目の前に座っている男は、何かと理由をつけて仕事を増やそうとしないつまらない男に見えた。挑発の言葉でも吐いてみるかと思って口を開きかけたとき、窓際のデスクのほうから磯崎を呼ぶ声が聞こえた。

「ああ、そろそろ会議が始まるんだ。悪いね、時間がとれなくて。まあ、何かこれから僕もその池野という人の研究を気にかけておくことにするよ」

「こういうことに詳しい部署はほかにありませんか？」

磯崎の目が尖った。

「僕が気にかけておくから大丈夫。それじゃあ、ほんとにもう行かないと。雄一に今度ゆっくり飲もうと伝えておいてくれ」

自分の役割は果たしたといわんばかりにうなずきながら、磯崎は立ち上がった。再び磯崎の名が呼ばれた。

「はい、すぐ行きます」

磯崎はそう言うと、片手を軽く挙げて、恭子に背を向けた。

部屋を出ると、疲れが押し寄せてきた。わずか二十分ほどの面談で、なんの収穫もなしか。これでは二時間以上かけて釧路まで出てきた意味がない。それに、一人にそっけなくされたぐらいでへこむほど、精神構造はヤワにできていない。

廊下に出ると、とりあえず一階に向かうことにした。町おこしに関連する事業は別の部署が取り仕切っているはずだった。それがどこなのか受付で尋ねてみようと思った。

そのとき、廊下の掲示板に目が留まった。シンポジウムの開催案内などが張ってある。なんとなく立ち止まってみているうちに、薄い緑色の紙に視線が吸い寄せられた。

それは道庁の配布資料のようだった。企業や公的機関が組み、新規産業を立ち上げるためのプロジェクトを助成するので、希望者は応募するように呼びかけている。地域経済活性化につなげるのが狙いで、助成金額は三年間にわたり、年間最大二千万円。結構な額である。

新規産業とししゃもという言葉の間に、目に見えない溝《みぞ》のようなものを感じないでもなかった。しかし、ししゃもだって立派な商品だ。そして、水産業は産業の一つだ。

少々、無理がある解釈のような気もしたが、こんな田舎で次世代半導体や、ナノテクノロジーといった最先端技術の開発を手がけている企業や公的機関などそうあるはずはない。ししゃもに勝ち目がないとも限らないではないか。

恭子は早速、担当部署である商工労働観光課を訪ねることにした。エレベーターの前にある表示板で確認すると、一つ下の三階だった。

部屋の前まで来ると、恭子はさすがに躊躇《ちゆうちよ》した。自分は名刺すら持っていない。一応、パンツスーツは着ているが、会社員に見えるか不安だ。しかし、飛び込みの営業みたいなものだし、役所はこの手の訪問に対して、大企業ほど杓子《しゃくし》定規な対応をしないということも経験上、知っていた。

扉の脇に張ってある座席表を見た。窓際の奥まった課長席と、その手前の課長補佐席に記載された名前を頭の中に叩き込むと、軽く扉をノックして、勝手にそれを開けた。

入ってすぐのところに恭子の腰ぐらいの高さの棚があり、その向こう側で数人の男女がデスクに向かっていた。暇《ひま》そうでもあり、忙しそうでもある。課長席は空いていたが、課長補佐席には眼鏡をかけた男が座っていた。髪の毛を今風に立たせており、質のよさそうなスーツを着込んでいる。こんな地方都市の役場の課長補佐席ではなく、赤坂あたりにある外資系企業のオフィスにいそうなタイプだ。彼はパソコンの画面を熱心に見ている。

恭子は手前の席で、資料をホッチキスでとめる作業に一心不乱に取り組んでいる二十歳前後の女子職員に、新規産業プロジェクトの件で、野々宮《ののみや》に会いたいと告げ、約束はしていないのだが、少しだけでもよいので時間をいただきたいと付け加えた。

女子職員が名刺を出すのを待っていることが、雰囲気から分かったけれど、気付かないふりをして、部屋の中を眺め回した。女子職員は小首をかしげたが、それでも素直に席を立ち、野々宮を呼びに行った。

野々宮はすぐに席を立ってやってきた。色白で鋭い顔つきの男だ。つるんとした肌をしている。スーツの胸ポケットに淡いブルーのハンカチーフを差し込んでいるところを見ると、かなりのシャレものらしい。年のころは三十といったところだろうか。恭子よりは多少、年長に見えた。

野々宮は問いかけるように恭子を見た。柑橘《かんきつ》系の香水がほのかに香った。

「私、三宅町の川崎恭子と申します。廊下に張ってあった新規産業プロジェクトについて、少々話を伺《うかが》えませんでしょうか」

「具体的にはどういうことですか？」

「応募できそうな案件があるんです。ご相談に乗っていただけないかと思いまして。私は単なる個人なんですが、先日、三宅町の水産試験場ですばらしい研究をやっていることを知ったんです。それを是非、事業化したいと思っています。内容はですね、ししゃもなんですが……」

野々宮の口元に、呆《あき》れたような笑みが浮かんだ。

そうくるだろうと思っていた。恭子は「虹色」とだけ言って口をつぐんだ。

短い言葉を述べるだけ。それは、自分の話に関心を持ってもらうために効果がある。商社時代に教わった方法だった。

いったい何なのだ、と問いかけるような視線が返ってきたことを確認すると、再び話を始めた。

「体が美しい虹色なんです。味も通常のししゃもとは比べ物になりません。栽培方法を工夫したそうです」

「初めて聞く話ですが……。関サバのししゃもバージョン、というかんじですか」

野々宮はどうやら見掛け倒しではないようだ。少なくとも磯崎よりはずっと話が分かる。

「関サバとただのサバ以上の違いがあると私は思います。私、実は五菱商事に先月まで勤めていました。家庭の事情で退職して地元に戻ってきたんですが……。詳しいマーケット分析はこれからですが、シーズとして大きな魅力を感じました」

眼鏡の奥の鋭い目を瞬くと、野々宮はあっさりうなずいた。

「十五分ぐらいなら時間が取れます。話を伺いましょう」

第一関門を突破した。野々宮が話の分かる男でよかった。恭子は背の高い彼に従って、窓際の談話スペースへと進んだ。

先日、池野と会ったときのことを大まかに話した。野々宮は時折、質問をはさみながら、メモを取っていた。

「で、私ではこれ以上、池野さんに食い下がることはできないんですよ。お役所を通じて話を進めたほうがよいかと思うんです」

「分かりました。池野氏がなぜそんなに頑《かたく》ななのかは分かりませんが、研究の進捗《しんちょく》状況を私が調べてみます。彼が拒否するようであれば彼の上司に掛け合います」

「野々宮さんが、わざわざ三宅まで？」

「ええ。実物を見ないと分かりませんからね。しかし、ちょっと不思議なのは、三宅の試験場はこう言っては悪いけれど、小さな片田舎の研究機関ですよね。そんな画期的な研究をしている研究者などいないと思っていました」

「池野さんは、三宅町の人ではないですよ。詳しくは私も知らないんですが」

「そうですか。まあ、それはどうでもいいことだったかな」

「あの、野々宮さんが三宅を訪問する際、同行させていただけませんか？　私もこの件についてなんらかのお手伝いができないかと……」

「五菱商事ではどちらの部署にいたのですか？　差し支えなければ、確認をさせていただきたいのですが。おっしゃるとおりの経歴ならば、あなたは役に立つかもしれない。当面は、連絡係として僕を補助してください。お金は出せませんが」

役に立ちそうだとは、えらそうなものの言い方だった。たいして年齢が違うわけでもないのに。だが、ここは野々宮の言うとおりにするのが得策のように思えた。

恭子は、元いた部署の電話番号と上司の名を告げた。

「では、あなたからも上司の方に、僕が電話すると伝えておいてもらえますか」

「分かりました」

恭子が頭を下げた。

「訪問の日取りについては、後日、連絡しますよ。僕の携帯電話の番号も名刺の裏に書いておきますから」

名刺を取り出して番号を書き付けると、それを渡してくれた。

「それでは、今後よろしく」

会ってから初めて野々宮が微笑んだ。意外と人懐《ひとなつ》っこい笑みだったことに、恭子はほっとした。

釧路の町で昼食を済ませた後、再び緊張感あふれる二時間を高速道路で過ごし、三宅にたどり着いたのは夕方だった。車を駐車場に入れて店に戻ると、鉄三がレジの前に出したパイプ椅子に座り、子供用自転車のそばにしゃがんでいる民子に向かって声を荒らげていた。

「そんな手つきじゃダメだ。すぐ空気漏れを起こすぞ」

鉄三は医者から退院後も当分は安静にしているようにと言われていた。店に出るなどもってのほかだった。

「お父さん、どうしたのよ。寝ていないとダメじゃない」

民子が救われたような目をして、恭子を見た。

「お前、こんな時間までどこをほっつき歩いていたんだ」

「そんなことより、早く部屋に戻って横になってよ。さっきみたいに怒鳴っていたら、血圧が上がってまた倒れるわよ」

「寝てなんかいられないさ。修理の依頼は確実にこなさなければ、客が離れてしまう。母さんの腕前が心配だったから、ちょっとのぞいて見たらこのざまだ」

民子が顔をしかめながら腰を伸ばした。

「私も最近、修理から離れていたから腕が鈍ったみたいだね。おいおい勘が戻ると思うから、そう心配しないでも」

「ダメだ、母さんでは話にならん。やっぱり俺がやるしかない」

鉄三が腰を浮かせかけた。その次の瞬間、鉄三は低くうめくと、胸を押さえてその場にしゃがみこんだ。

「お父さんっ！」

民子が駆け寄り、鉄三の体に手をかけた。鉄三は顔をしかめ、「たいしたことはない」と言ったが、その声は弱々しかった。

「救急車を呼ぶ？」

鉄三が顔をゆがめながらも、はっきりと首を横に振った。

「たいしたことはない。呼ばないでいい。それより、部屋で少し休みたい」

子供用の自転車がぽつんと取り残されていた。

「でも大丈夫だって言ってるだろうが。早くしてくれ」

民子に支えられながら鉄三はなんとか立ち上がると、よろよろした足取りで、奥に向かった。鉄三の背中は、元気だった頃より二割ほど小さく見えた。恭子は民子が床に放り出した修理器具を拾い上げ、レジカウンターに載せた。修理用のスペースに、使い込まれた子供用の自転車がぽつんと取り残されていた。

夕食を食べ終わり、茶の間でテレビを見ていると、二階から降りてきた民子に声をかけられた。

「お父さんが、部屋に来てほしいって」

「分かった」と言いながら、民子が手に持っている盆に目をやった。一人用の小さな土鍋は空になっていた。鉄三の調子は、なるほど本人が言うとおりたいしたことはないようだ。

父と母が寝室に使っている北側の六畳間に入ると、鉄三は布団に起き直り、食後のお茶をすすっていた。枕元には、服用したばかりとみられる薬のガラが転がっている。それを拾ってゴミ箱に入れると、鉄三が「まあ座れ」と言った。すぐに民子が割烹着で濡れた手をぬぐいながら入ってきた。二人が腰を落ち着けると、鉄三は久しぶりに見る穏やかな表情で突然切り出した。

「母さん、明日の朝にでも都合により当分の間、休みますっていう張り紙を出してくれないか」

恭子は、畳に座ったまま固まった。言葉がとっさに出てこなかった。民子も同じ思いのようで、表情をこわばらせている。二人の反応を見て、鉄三は少し笑った。

「だけど、お父さん……」

民子が膝の上で両手を握り合わせ、悲しそうな目で鉄三を見た。

「閉めることはないいんじゃない？　私も手伝うし」

鉄三は湯飲みを両手で挟むようにして、肩をすぼめながらお茶を飲んだ。

「ウチみたいな店は、修理をきっちりやるから、お客さんが信頼してくれる。俺がこんな体では、それがままならないべさ。したら、店を開けている意味はない」

民子が心苦しそうにうつむいた。

「母さんが悪いと言いたいわけではない。修理は俺がずっとやってきたわけだから、いきなり母さんにやれっていうのが、無理だっていうことは分かってる。しゃがんで作業するのは、腰にもこたえるだろう」

「私が覚えようか？　教えてくれればなんとかなると思うよ」

鉄三が苦笑いを浮かべた。

「恭子がねえ……。お前は、細かい手作業は昔からへたくそだったよな」

民子が体を前に乗り出した。

「でもお父さん、いったん休んでしまったら、それこそお客さんが離れてしまうのではないかね。お父さんが完全に治るには、三ヶ月ぐらいは療養が必要だって医者が言ってたべさ。その間、細々とでもいいから、店は続けたほうがいいんでないかい？」

鉄三は唇を噛み、遠いところを見るような目つきになった。だが、次の瞬間には微笑んでいた。

「俺が治ったら、もう一度店を開けてみる。それでだめだったら、店は畳む。そう決めた。そろそろ潮時だと思っていたしな。母さんだって、そうだろう？」

鉄三の声は明るかった。それが、恭子の耳に痛かった。

でも、あきらめるのが早すぎやしないか。治ったときに、何もする仕事がないようでは、心の張りを失ってしまうような気もする。

「ここは頑張りどころだと思う。休まないほうがいい。私が手伝うから大丈夫だよ。修理も習うし、力作業は必ずやるようにするから。せっかく三十年もやってきた店なんだから、そんな簡単にあきらめないほうがいいんじゃないかな」

鉄三は布団のへりをきつく握っていた。肩のあたりの筋肉に力が入っている。心を決めたようなふりをしているが、やはり内心、穏やかではないものがあるのだと思った。当たり前だ。自分が三十年も守ってきたものを、簡単に手放すことができるわけがない。おそらく鉄三は、思うようにならない自分の体に苛立《いらだ》ち、気弱になっているのだ。

恭子は鉄三から民子に視線を移した。

「お母さんだって、休まないほうがいいと思うでしょう？」

民子は視線を畳に当てたまま、身じろぎもしなかった。父と母は、目を合わせてもいない。だが、二人の間でテレパシーのようなものが交換されたように思え、恭子は苛立った。

「二人とも弱気になりすぎだよ。狭心症っていったって、そんなにひどくはなかったわけでしょう。しかも、お父さんが退院してきたばかりだっていうのに、そんなことを今、決めることないじゃない。兄さんだってそう言うと思う。なんなら電話をしてみようか？」

それまで黙っていた民子が、恭子を目で遮《さえぎ》り鉄三の顔を正面から見ると、抑揚《よくよう》のない声で言った。

「張り紙、作っておくわ」

鉄三がほっとしたようにうなずき、「よろしく頼む」とつぶやいた。寂しさと安堵が複雑に入り混じった声だった。

「ちょっと待ってよ。私が手伝うって言っているのに。今日はちょっと用事があったから釧路まで行ってきたけれど、そんなことはもう滅多にないから大丈夫だって」

鉄三が厳しい目つきで恭子を見た。

「そんなことよりお前、いつまで三宅にいるつもりだ？　早く次の職場を探せ」

「それは……」

「東京にでも札幌にでもさっさと行っちまえ」

「だけど、お父さんの体が……」

鉄三が両目をむき、挑みかかるように言った。

「なんだ。お前は、俺のせいにしようっていうのか？　それはゴメンこうむる。高い金を払って大学まで出したんだぞ。こんな町でくすぶっていられたら、胸糞《むなくそ》悪い」

恭子はふいに悟った。鉄三は自分が店を維持することにこだわれば、娘をこの町にしばりつけることになるのではないかと心配している。母もそうだ。

一週間前の自分は確かにそういう不安を抱えていた。表情や言葉の端々に、不安がにじみでていたのかもしれない。でも、今の自分は違う。少なくとも、虹色ししゃもの夢を見ていられる間は、ここにいたい。出て行くなんてむしろ真っ平だ。

恭子は笑った。

「いや、実はこの町で面白そうな仕事を見つけたの。当分、頼まれたって出て行くつもりはないから」

鉄三と民子が顔を見合わせた。

「町おこしの仕掛け人ってところかな」

「どういうことだ？」

「はっきり言ってさ、お父さんが考えていたママチャリレースなんかじゃ、話にならないのよ。商工会の人たちだって、なんとなく楽しそうだからやってみようっていうかんじだったわけでしょう？　そんな適当なやり方が通用するほど、世の中、甘くないって。まあ、見ていてほしいわね。東京で勉強してきたことを全部つぎ込んで、この町を盛り上げてみせるから。当分、時間がかかりそうだし、店の手伝いが全くできないほど忙しくなるとも思えないから、店は休む必要なんてないのよ」

「しかしお前、いったい何をやるつもりだ？」

鉄三が困惑したように、目を瞬いた。恭子はにっと笑うと、胸を張った。

「ししゃも。まあ、見ていてよ。面白いことになると思うから」

3章　緑の野望

三宅水産試験場の受付の前に姿をみせた野々宮は、この日も一分の隙もない服装をしている。羽織っている薄手のコートは、おそらくカシミアだ。野々宮は恭子に向かって、顎《あご》を引くようにして会釈をすると、体をかがめて受付窓口のガラス窓を開け、鈴木《すずき》場長と面会の約束があると告げた。

「池野さんではなく、場長に会うんですか？」

「もちろん池野氏にも同席してもらいますがね。こういうことは、トップに話をつけたほうが早い」

それはそのとおりだった。野々宮の行動力と押しの強さに恭子は舌を巻く思いだった。少なくとも自分より上手《うわて》だ。

そのとき、エレベーターからくすんだピンクの事務服を着た若い女性が出てきた。緊張した面持ちで、場長室まで案内すると言った。

場長室は二階の一番奥の日当たりがよい部屋だった。入ってすぐのところに、応接セットが置いてあり、すでに鈴木と思《おぼ》しき初老の男と池野が並んでいた。鈴木は潮焼けか酒か、あるいは両方のせいで赤黒い顔をしているが、みるからに精力的だった。鈴木の隣にいると、池野の無気力なかんじがいっそう際立って見えた。

鈴木はすばやく腰を上げると、もみ手をせんばかりの勢いで、野々宮に対して歓迎の言葉を述べた。

「わざわざ遠いところをすみませんです。こちらから、伺《うかが》ったものを」

野々宮は「これが私の仕事ですから」と軽く受け流すと、浅くソファに腰掛けた。

池野が自分と目をあわそうとしないのが気になった。おそらく彼は怒っている。しかし、恭子は自分のやったことが間違いだとは思っていなかった。

「早速ですが、例のししゃもを試食していただきましょう。今、準備していますので」

鈴木がそう言い終わる前に、ドアが開き、香ばしい匂いが鼻をくすぐった。振り返ると、さっきの女子職員が手にトレーを持ち立っていた。

「寒干ししたもの、お刺身、そしててんぷらでございます。ご参考のために調理前のものも丸ごと用意いたしました」

緊張のせいか、彼女の声は震えていた。皿をテーブルに載せる際に、大きな音がした。

「ささ、とにかく召し上がってください！」

鈴木が自ら割り箸を野々宮に手渡した。恭子は野々宮の表情を横目で窺《うかが》った。彼は、眼鏡の奥から、舐《な》めるように、調理前のししゃもを観察していた。この色には誰だって驚くはずだ。

ほう、というようにため息をつくと、野々宮は顔を上げ、鈴木に向かって笑いかけた。

「いや、話に聞いていた以上の美しさですね。これはすばらしい」

鈴木の顔にぱっと光が差した。

「味のほうもみてやってくださいよ」

「はい。それでは遠慮なく」

恭子もせっかくの機会なので、遠慮なくいただくことにした。あんなに美味しいものを味わう機会を逃す気はなかった。

まず、干したものを丸かじり。やはりすばらしい。言葉が出ない。刺身もてんぷらも絶品だった。野々宮は半ば目を閉じ、一口一口、味を確かめるように、虹色ししゃもを味わっていた。

野々宮は箸を置くと、ズボンのポケットから取り出したハンカチで丁寧に口元をぬぐい、「これはいいですね」と言った。そして、池野をまっすぐに見た。

「事業化に向けて、必要なお手伝いをさせていただきたいと思います。助成金の募集に応募していただければ、全力でプッシュするようにします。その話をする前に、池野さんに教えていただきたいのですが、このししゃもは具体的にどのように作ったのでしょうか。

事業化への障害となるようなことがあればそれもお願いします」

「はあ……」

池野はジャンパーの袖口を指で引っ張るようにすると、やる気がなさそうにため息をついた。鈴木が舌打ちをするかのように口元を動かした。だが、すぐに彼は快活な口調で言った。

「さあ池野君。我々の使命は、研究成果を世の中に役立ててもらうことだろう。せっかく声をかけていただいたのだから、ご説明をして差し上げなさい」

池野はそれでも、顔を上げようとはしなかった。

「これはあくまで基礎研究で、僕の趣味みたいなものですから。事業化と言われましても……」

野々宮がしびれを切らすのではないかと思いながら、恭子は彼の横顔を盗み見た。だが、野々宮は落ち着いて見えた。微笑みすら浮かべている。

「事業化に適しているかどうかは、私たちが判断しますよ。別に無理にあなたから研究を取り上げようというわけではないんですから、話ぐらいはお願いしたいものですね」

池野はようやく視線を上げると「シンソウスイってご存知ですか？」と野々宮に尋ねた。

「詳しくはありませんが、海の深いところにある水でしたっけ」

「ええ。厳密な定義があるわけではないんですが、一般的に水深二百メートルより深い領域の水をそう呼びます。簡単に言うと、いろんな成分が含まれているんです。孵化《ふか》後の稚魚をその中で成育するのが、僕の開発した手法のミソです」

「なるほど」

野々宮がメモを取りながらうなずいた。

「ですが、まだ本当に自分でもよく分かっていなくて。事業化はありがたい話ですが、もう少し僕に時間をくださいませんか？　とりあえず特許を申請しておきたいんです。そのために必要なデータをもう少し集めさせてください。そうしたら、きちんと報告を上げ、協力をお願いしますから」

逃げではないかという気がした。曖昧な説明で野々宮が引き下がるとは思えなかった。だが、恭子の予想に反して、野々宮はあっさりうなずいた。

「なるほど、特許は大事ですね」

「最優先事項として、私も心がけますよ。せいぜい池野の尻を叩くとしましょう」

鈴木が冗談めかして言い、野々宮が同調するように笑ったが、池野は硬い表情を浮かべたまま、静かに座っていた。

「結局、あまり進展しなかったですね」

喫茶ティファニーで野々宮と向かい合って座ると、恭子は言った。コーヒーを運んできた美紀が、素性を探るような目つきで野々宮を見ていたが、気付かないふりをしてカップをすぐに手に取った。この店は避けたかったのだが野々宮がここで時間調整をするといってきかなかったのだ。美紀は何か言いたそうだった。だが、結局、軽く会釈をして伝票を置くと、カウンターへと引き返していった。

野々宮は肩をすくめると、コーヒーを一口飲み、意外そうに眉を上げた。こんな田舎の店だ。インスタントが出てくるとでも思っていたのだろう。

「池野さんは、頑《かたく》なそうなところがありますからね」

そう言うと、野々宮はテーブルの上に体を乗り出し、声を潜めた。

「ちょっと調べてみたんですが、あの人は帝都《ていと》大学の有力教授の推薦で、あそこに赴任したようです。詳しい経歴までは分からなかったのですが。おそらく向こうで問題を起こし、都落ちになったのでしょう。ま、そういうこともあるので、たぶん難しい人物だと思います。彼に期待するのは無理だと思いますね」

恭子もつられて声を低くした。

「でも、それでうまくいくものでしょうか。あの人が開発者なわけでしょう」

「外堀を埋めていけばいいだけですよ。とりあえず、あの鈴木場長は我々の味方です。実績を作るというのは、彼にとって悪いことであるはずがないですからね。実は夜、僕は彼と一緒に町役場や漁協の人たちと会うことにしているんです。今日のところは、今後の三宅町の漁業を考えるための懇親会という名目ですが、当然、虹色ししゃもについても話します。彼らの協力があれば、ぐっと現実的になりますからね」

もうそこまで話が進んでいるのか。自分がはずされていると感じた。そんな気持ちを読み取ったかのように、野々宮が声を和《やわ》らげた。

「そういう地ならしは、僕がやっておきます。得意分野ですから。そのうえで、来年度の予算を引っ張ってくればいい。それより川崎さんには、別に頼みたいことがあるんです」

「なんでしょうか」

「まず一つは、商工会の若い人たちを巻き込むこと。こういうプロジェクトは、年寄り連中では仕切りきれませんから。まずは若い人たちに、一丸となってもらう必要がある。いわばよそ者である僕が、頭ごなしに言ったら、彼らの反感を買うでしょうから、地元の人間である川崎さんにお願いしたい。そしてもう一つは、広報活動です」

「テレビとか新聞とかに売り込むということですか」

「ええ。とにかくこういうことは地味にやっても意味がないんですよ。派手に、とにかく派手にいきましょう。話題を集めた上で、事業化に乗り出すわけです。手始めに、不思議なししゃもが、三宅町で開発されたという記事を新聞社に書いてもらいましょう。それも道内版なんかではなく全国版で」

恭子は思わず椅子の背に体を預けた。野々宮は簡単なことのように言う。が、全国版で取り上げてもらえるような価値がある話題なのか、疑問に思った。でも、野々宮は自信満々といった表情を浮かべている。ここで「できない」というのは、自分の無能さをさらけ出すだけのような気がした。

「分かりました。全力を尽くします」

野々宮は満足そうにうなずいた。ふと恭子は気になった。なぜ野々宮はこんなに三宅町に肩入れをしてくれるのだろう。目立ちたい、ということなのだろうか。大きな案件を引っ張ってくれれば、それだけ立場はよくなるだろうけれど。

でも、役場で出世を望んでいるタイプのようには見えなかった。もしそうだとしたら、少なくとも彼の服装や態度は、百害あって一利なしのように思える。

目を細めてコーヒーをすすっている野々宮の顔を盗み見た。つくづくスマートな男だ。もしかすると、彼は自分と同じ類の人間なのかもしれない。この地方に縛り付けられているけれど、自分の本来の居場所は別にあると考える。それでも出て行くことはかなわないから、地元を自分が納得いく色に染め上げようとしている。

窓の外を見ていた野々宮が、ふいにカップを置いた。駐車場に滑り込んできた白いワゴン車の運転席に、鈴木の姿が見えた。

「迎えが来たようです。すみませんが、鈴木さんを待たせたくないので、ここの勘定はお願いします。領収書をもらっておいてください」

それだけ言うと、野々宮は颯爽と立ち上がり、軽く会釈をすると席を立った。車を降りてきた鈴木と、にこやかに挨拶を交わすと、野々宮は助手席に乗り込んだ。

腰が低いのか、態度が大きいのか。とらえどころのない男だ。

残っていたコーヒーを飲んでしまおうと思ってカップを持ち上げたとき、美紀が寄ってきた。

「もう一杯どう？　カウンターで」

野々宮と一緒に席を立たなかったことを少し悔《く》やんだが、美紀の誘いを断ることはできなかった。

カウンター席につくと、さっそく美紀が探りを入れてきた。

「今の人は？　池野さんのしゃものことと何か関係あるんでしょう？」

「まあね」

美紀がいれなおしてくれたコーヒーに口をつけ、あまりの熱さに小さく飛び上がった。

美紀はカウンターの端で、古新聞を手に取った。一枚を四つに畳むと筒状に丸めた上でねじる。カウンターの隅にかりんとうのような形に丸められた新聞紙が一つ、また一つと置かれていく。

「それ、何？」

美紀が顔を上げた。

「ああ、これね。ネットで取り寄せたお酒が、注文したものと違っていたから、送り返せって言われているの。送られてきたときに入っていた緩衝材を捨ててしまったから、これを代わりに使おうと思って」

美紀はそう言うと、恭子を非難するような目で見た。

「池野さんあのとき、嫌がっていたでしょう。それなのになんで他の人にししゃものことを話したりしたの。こう言ってはなんだけど、恭子には強引なところがあると思う。昔からそうだったもの。だから、池野さんに迷惑をかけてほしくないんだわ」

「美紀の言いたいことは分かる。でも、池野さんがよければそれでいいということにはならないんだよ。だってうちの町って、どうしようもないじゃない。産業らしい産業もないし、観光客だってあまりこない。このままでは、みんなここで暮らしていけなくなるよ」

「地味になら生活できるじゃない。現に私だってそうでしょう？　そりゃあ、恭子みたいに派手な生活をしたいという人には向かない町だと思うよ。でも、だったら恭子がここを出て行けばいいだけの話ではないの？」

美紀の口調は思いのほか激しかった。恭子はカップをソーサーに戻した。美紀は最後の一枚となった新聞紙をぎゅっとねじると、少し表情を和らげた。

「恭子のことを非難しているのではないよ。人によって居心地がいい場所は違うっていうことを言いたいだけ。この町をどうこうするって考えるより、自分の居心地がいい場所に行ったほうが楽さ」

ざらっとした気持ちが恭子の胸に広がった。高校を卒業して約十年。二人の間に埋められない溝のようなものが広がっていたと思い知らされた気分だ。

「でもこのままだと町は寂《さび》れるだけだよね。そうしたら、美紀だってここにいたくないと思うようになるかもしれないよ。ろくな職場がないから若い人がどんどん出て行ってしまって、そのうち年寄りしかいなくなる。財政が破綻《はたん》しちゃうでしょう。そうなる前に何か手を打たないといけないってことは分かるでしょう？　特産品を作るなり、観光地として魅力を高めるなりしないと、駄目なんだよ。どうせうまくいかないからって諦めてしまったら、おしまいだと私は思うけどね」

美紀は目を細めて自分の指先を見ている。ちょっときつすぎただろうか。でも、恭子は自分の考えを曲げる気はなかった。

「今日は、お勘定いいから」

美紀が短く言った。勘定はいいから早く出て行け。そう言われているのだと思った。カップにはまだ半分ほどコーヒーが残っていたが、恭子は席を立った。店を出るとき、背後を振り返った。美紀はこちらを気にするそぶりなど全く見せず、コーヒー豆をミルにセットする作業に取り掛かっていた。コーヒー豆をすくう銀色のスコップのような器具で流し台を叩いた。乾いた音が恭子の胸に響いた。

部屋を出て行く池野の後姿を見送りながら、鈴木は下唇を突き出した。そのまま息を吐きだすと、テーブルに出しっぱなしになっていたお茶を飲んだ。冷えていて苦さばかりが口に残った。体の深いところから疲労が滲み出てくるようだ。鈴木はソファに体をあずけ、目を閉じた。

釧路支庁の役人がわざわざこんなところまで出向いてきたのは、いつ以来のことだろう。にわかには思い出せなかった。

このチャンスを逃すわけにはいかない。

先月、北海道内の水産試験場のトップが集まる会合が、札幌で開かれた。その際に聞かされた話が、ずっと心の隅に引っかかっていた。投入した研究費用分の成果を出せていない試験場は、統廃合も検討する。配られた資料にはそう記載してあった。

国立研究所ですら、独立行政法人となり、統廃合が活発に行われているご時世だ。その余波がいつか自分たちの身にも降りかかってくる可能性はあると思っていたが、自分の在任中にそういう動きが出るとは思わなかった。

規模が小さな三宅試験場はその対象となりそうな気がした。いや、そんな悠長なことを言っていてはダメだ。はっきり認めよう。一番ウチが危ない。

そういう事態になることだけは避けたかった。少なくとも自分がトップを務めている間に、この試験場が消えたりしたら、なんと言われるか。研究員はさして多くはない。補助者も含めて二十人ちょっとといったところだ。しかし、この町に根を張って暮らしている人間ばかりだった。

漁協との関係もある。これまでは、資源調査などを気軽に引き受けてきた。もし、ここが統廃合されたら、他の試験場がそれを請け負うことになるのだろうが、今までのようにきめ細かなサービスは提供できないだろう。

虹色ししゃもの事業化は、是が非にでも進めるべきだった。

鈴木は、人当たりはいいがトップの器ではないと自分が周囲に評価されていることを気に病《や》んでいた。もし、統廃合の対象となったら、「やはり」と陰口を叩かれるのがオチではないか。

ここは一世一代の勝負をするしかない。気はすすまないが、リーダーシップというものを発揮してやろう。なに、やればできないことはない。協調路線が好きではあるが、必要なときには強いリーダーとしての姿を見せてやろうではないか。

高揚しかけた気分は、池野の顔を思い出した瞬間、一気に萎《しぼ》んでいった。

あいつの態度ときたら……。

鈴木は苦々しい思いで、冷え切ったお茶を飲んだ。渋みだけが舌に広がった。

池野はコトの重大さが全く分かっていない。

池野は道庁の上層部から引き受けてくれと頼まれたために、採用した男だった。帝都大学を出た後、外国の大学に入りなおし、現地の研究機関を渡り歩いてきた男だが、能力はあるというふれこみだった。水産分野の権威とされる帝都大学の有力教授がそういっているから、採用しろという。

ならば、こんな田舎になぜ来る必要があるのかと疑問に思った。だが、こんな弱小試験場の人間が、上層部にたてついても得をすることなど何一つないと思って、快《こころよ》く彼を迎え入れたのだった。

お茶を飲もうと湯飲みを口につけたが、中身は空だった。舌打ちをすると、自分が貧乏ゆすりをしていたことに気付いた。意識的にとめても、すぐに再び膝が動きだす。

池野は赴任当初から、何を考えているのだか分からないところがあった。鈴木の目から見ても、かなりの男前だが、覇気と言うものが感じられなかった。誰とも目をあわそうとしない。会議でも求められない限り発言をしない。学会にも参加しようとしない。懇親会の類に参加したことはないし、官舎にも入らず安アパートに住んでいる。この町の人たちと知り合ういい機会だと思ってママチャリレースに出ることを命じたときも、かなり渋った。

研究者には池野ほど極端ではなくても人付き合いが苦手なタイプが結構いるから、あまり気にとめていなかった。そして池野は与えられた仕事は確実にこなす男でもあった。しようがないか、とあきらめかけていた。

しかし、状況は変わった。三宅水産試験場場長としては、虹色しじゃもをなんとか事業に結びつけたい。これは自分にとって、正念場なのだ。

鈴木は鼻息を荒くした。

ここは一つ、人生の先輩として池野に世間というものを教えてやらねばなるまい。そして自分も変わろう。

誰かが言っていた。過去は変えられないけれど、未来は変えられる。

◆

丸いすし桶が、信寿司の座敷に運ばれてきた。鰻《うなぎ》の寝床のようなカウンター席の奥にある細長い個室だった。今日は空いているから使ってもかまわないと信寿司の主人、進藤がもったいつけるように案内してくれた席だった。

午後八時。平日であるせいか、ほかに客はいないようだった。進藤はいったん厨房に引っ込むと、湯飲みを手に戻ってきた。自分も加わるということらしかった。うっとうしいなと思ったが、いずれ三宅銀座の重鎮である彼にも話を通さなければならないから、そのままにしておくことにした。

恭子は割り箸を割ると、早速、イカとアジを自分の小皿に確保した。父が倒れた日にとった出前でそれらが比較的まともだったことを覚えていたからだ。

正面に座っている瑞垣和夫は、がっちりとした体を縮《ちぢ》めるようにして恭子が渡した資料に目を落としていた。同い年なのに老けたなあと思う。顎《あご》のあたりに肉がついており、ぎょろっとした目のふちには皺も刻まれている。

和夫は干物などを扱う水産物店の跡取り息子で、店を手伝う傍《かたわ》ら、商店街のイベントや町のPR活動に携わっている。小さい頃はあまり積極的なタイプではなかった。むしろおとなしいほうで、今思えば自分も彼を使いっ走りにしていたかもしれない。

ようやく和夫が資料から目を上げた。ビールを一口飲むと、すし桶のマグロを指でつまみ、しょうゆをちょっとつけると豪快に口に放り込んだ。

「難しいことは俺には分からんけど、つまり試験場が作ったししゃもは、見た目がよくて美味しくてしかも健康にいい成分がたくさん含まれている。こういうことでいいのかい？」

恭子はうなずいた。

「和夫ちゃん、見せてくれよ、その資料」

和夫が進藤にそれを手渡した。野々宮が鈴木場長を通じて池野から入手したものだった。それによると、虹色ししゃもにはコラーゲン、DHAなど美容、健康によいとされる成分が、通常のししゃもの一・五倍ほど含まれているという。

栽培方法も具体的に記されていた。ししゃもは十一月中旬から下旬にかけて海から川に戻り、そこで産卵する。そして翌年の四月初旬から五月下旬にかけて孵化し、一日から二日のうちに海水域に入って餌を食べ始める。

現在、釧路などで手がけられている孵化・放流事業では産卵期の親魚を、小石を敷き詰めた水槽に収容して産卵させる。卵は安全な状態で年を越す。翌年、孵化した稚魚を放水路を通じて川へ出し、そのまま海へと放流する仕組みだ。

水産試験場で見たししゃもは、孵化した後に深層水と通常の海水を混合したものに「A溶液」と記載されたものを添加しておく。だが、A溶液が必要なのは数日のみ。また、数ヶ月後には、通常の海水に戻しても、問題はないということだった。

「通常の孵化とは違うみたいだけど、コストはどうなんだろうなあ」

「そのあたりは、これから詰めていく必要があるとは思うけれど、面白いでしょ？」

和夫は大きくうなずいた。

「詳しい話をすぐにでも聞きたいぐらいだわ」

「ほんとうにそんなししゃもができるのかい？」

資料に目を通し終えたらしく、進藤も膝を乗り出すようにして言った。

「すぐにというわけにはいかないかもしれない。でも、お金をちゃんと投じて研究を進めて条件なんかを詰めたら、商売になるんじゃないかな。それでね、私、思うんだけど早いうちにこれは囲い込んでおいたほうがいいと思う。そんなに難しそうな話ではないでしょう？　深層水を使うっていうことぐらい誰でも思いつくような気がするんだけど」

「まねされるってことか？」

「そう。ほかの町でも同じものを作れるっていうのでは、インパクトが薄くなるでしょう。あくまでも三宅町だけのものってことにしないと駄目だと思う。地域ブランドってそういうものだと思う」

どこでも同じものがとれるというのでは、商売としてうまみが少なくなる。あくまでもこの町にしかないものでないといけない。

進藤がなるほどというように手を打った。和夫も真剣な目つきでうなずいている。

「今、北海道のししゃもって、鵡川《むかわ》産のものが他の地域のものより高いでしょう。鵡川産以上のものを、この町で作ろうよ。虹色ししゃもってちょっと珍しいから話題性もあると思う。私が頑張って宣伝するし」

「どうすればいいんだ？」

恭子はそこで一息入れて、ホタテの寿司をつまんだ。これは野々宮にもまだ相談していないことだった。だが、三宅のためには、絶対によいことのように思われた。

「会社、作れないかな」

「会社?」

進藤と和夫は視線を交わした。

「そんなたいそうなものでなくていいのよ。小さな会社で構わない。で、会社を作って、水産試験場と共同で、あのしゃもの実用化研究を進めることにする。研究費は公的な助成金をもらえばいいわ。それで、特許なんかも会社で押さえてしまうわけ。そうすれば、他のところでは、簡単には同じことができなくなると思う」

「なるほど。そういうことか。でも、いくら適当でいいといっても、会社となると何かと金がかかるだろ。どうするんだ?」

「町の有志に出資を募るのよ。漁協にも当然、お金を出してもらう。商工会の加入者とか、あとは旅館とかお土産《みやげ》店とか、関係しそうなところから、少しずつお金を集めるの」

「なんか難しそうな話だなあ。役場に話をしてみるか?」

恭子は首を横に振った。そのことについては、恭子も考えた。だが、野々宮が強硬に反対した。こんな田舎の町役場の人材なんて、戦力になるどころか足を引っ張るから、話をある程度詰めてから、報告をしておけばいいという。狭い町のことだから、どうせどこからともなく情報は伝わる。だが、そのあたりのことは、野々宮がうまく片付けてくれるだろう。

「町役場はやめておこうよ。こういってはなんだけれど、お役所ってのんびりしすぎてる。あそこはだいたい、戸籍とか住民票とかそういうものを管理するのがメインの業務なんだし」

　言いすぎだろうかと思ったが進藤が力強くうなずいた。

「なのに、収入は安定している。なんか世の中おかしいと思う。いや、恭子ちゃん、よく言ってくれたわ」

「しかしなあ……」

　和夫の歯切れは悪かった。

「前例がないとかどうせ言い出すだろうから、あくまでも民間でやるのがいいよ。私はこういう方面、ある程度知識があるし、会社を作るぐらいわけないでしょう。そもそも、和夫ちゃんの店だって会社にしてあるじゃない」

「そらまあそうだけど」

　和夫は箸袋を小さく折りたたみながら、考え込むように視線を伏せた。恭子は苛立ちを抑えることができず、しょうがを力任せにかんだ。

　和夫もまた美紀のように現状を変える気がないのだろうか。それが彼の性格だとしても、立場と言うものを分かってもらわないと困る。

「商工会の青年部長がそんな及び腰じゃダメだよ」

和夫がようやく目線を上げた。

「悪くない話だとは思う。いや、むしろ成功させたいと俺も思う。でも、金がからむことはなかなか難しいんだよな。うまくいかなかったときにどうするかという問題もあるし。恭子が言うようには、簡単にはことが進まないんではないかい」

進藤が即座にうなずいた。

「それはそうだ。金に余裕があるって人は、最近、あまりこのへんでは聞かないしねえ。それに、会社をやるってそんなに簡単なことではないだろうし」

「でも、このままでは、この町はジリ貧になる一方だっていうことは、進藤さんも和夫ちゃんも分かっているでしょう? どこかで動かないといけないと思うんだよ。せっかくいいタネがあるんだから、それを生かさない手はないと思う」

恭子はそう言いながら、二人の顔を見比べた。リスクを完全に避けて生き残れるような時代では、もはやなくなっているのだ。

「少なくともさ、ママチャリレースじゃ話にならないよ。ウチの父が言い出したことだけど、正直言ってあんなもので盛り上がっても、なんの意味もないじゃない。失敗してもどうっていうことはないけれど、成功したって何がよくなるっていうわけでもないでしょう。あんな話に乗ってしまうほど、進藤さんや和夫ちゃんがお人よしだとは思わなかった。悪いけど、ズレてると思う。ズレていたら、頑張ったってうまくいかないよ」

怒っても構わなかった。怒らせたほうがやる気になるということもある。上司にいつもその手を使われて、馬車馬のように働かされていたから、恭子にはその法則がよく分かっていた。

和夫が気まずそうに顔をしかめた。ポケットから煙草を取り出して火をつけ、煙を吐き出した。

「とりあえず、そのししゃもを食ってみないことには、判断できないわ。漁協の人たちの意見も聞いてみたいし。進藤さん、近いうちに一度、試験場に行ってみますか？　鈴木場長は俺の親父の同級生だったと思うから、俺から話を通しておきますよ」

「ああ、それがいいね。話はそれからだね。まあ、そんなに急ぐことでもないだろうよ。この町がいけなくなったのは、もう何年も前からのことだからねえ」

そういうことを言っているから駄目なのだと言いたかったが、二人が拒絶しなかったことで、多少、ほっとした。恭子はお茶を飲み、すっかり渇《かわ》いてしまった喉を潤《うるお》した。

食べてみれば分かる。見てみれば分かる。二人にとっては商売モノなのだから、あのししゃもに惹《ひ》かれないわけがない。

そのとき、進藤の妻がお椀を盆に載せて部屋に入ってきた。

「あれまあ、お二人ともぜんぜん食べてないね。お父さん、ちゃんとお勧めしないといけないでしょ」

言われてみると、すし桶はまだ半分も空いていなかった。

「そうだった。お二人とも、まあどんどんやってください」

進藤は禿《は》げ上がった額《ひたい》をぴしゃりと叩くと、照れたような笑いを浮かべた。

帰宅すると、民子が茶の間でテレビを一人で見ていた。

「遅かったねえ。何の話だったの？」

ジャンパーを脱いで座ると、恭子は「お父さんの具合は？」と尋ねた。

「さっきまで起きていたけれど、食欲が今日はないみたいでねえ。明日、病院に一応、行ったほうがいいと思うから、あんた、付き添ってちょうだい」

民子はそういうと腰を上げ、台所から恭子の湯飲みを持ってきた。番茶の香りが香ばしい。

「それで、あんたのことなんだけど。そろそろ札幌にでも行ってみたらいいんじゃないのかい？　今日、厚子さんから電話がかかってきて、仕事を札幌で探すなら、家に泊まっていいって。なんでも雄一が東京に出張することが多いし、部屋はあるから遠慮しなくていいって伝えてくれって」

「いいよ、ここから動く気は当分ないし。適当にお礼をいっておいて」

「でも、ここはあんたがいて楽しいところではないべさ。お父さんとも話したんだけど、やっぱり店は続けることもないんじゃないかって」

まるで美紀のようなことを言う。恭子の心はさらに尖《とが》った。

「私は三宅でやることがあるの。余計な心配しないでよ」

自分でもびっくりするほどきつい口調になってしまった。民子が非難がましい目で恭子を見た。それでも、ささくれ立った気持ちを抑えることができなかった。番茶を飲んでみたが、気持ちは静まらなかった。

自分もまた和夫や進藤と同じように、不安なのだと思った。大それた計画をたててしまったけれど、本当にうまくいくのか、自信を持てずにいるから、自分の心を惑《まど》わすような母の発言をこれほどまでに不快に思うのだ。

でも、自信を持たなければ成功なんてありえない。

「当分、忙しくなるけど、店のことはきっちりやりますから」

恭子はそう言うと、民子の返事を待たずに席を立った。

◆

商工会の一階にある会議室には、人いきれが充満していた。ホワイトボードを背に座っている恭子は、約二十人が放つ熱気のようなものを、肌で感じていた。隣に座っている野々宮は相変わらず取り澄ました顔をしている。その向こうにいる和夫は、こういう場に慣れているようで、紙コップに入ったお茶をのんびりとすすっていた。

「そうすると、ウチらの町だけでそのししゃもが採れるってことになるわけかい？」

一番前の席で、粟野安江《あわのやすえ》がふっくらとした体を前に乗り出した。町外れにある温泉旅館の女将《おかみ》だ。

「これはあくまで三宅町を活性化するためのプロジェクトです。町で必要な分は、確保できるような体制を作りたいと思います」

粟野安江の鼻の穴が満足そうに膨《ふく》らんだ。

「ならばウチもありがたいねえ。最近じゃあ消費者もうるさくて、北海道産ししゃもっていうだけでは、満足しなくなっているから」

水産物加工会社を経営する林則之《はやしのりゆき》も、首にかけた手ぬぐいで頬をこすりながら言った。

「私がざっと検討したところ、現在の価格の一・五倍の価格をつけても需要はあるものと思われます。東京の高級料亭などにターゲットを絞り、さらに価格を吊り上げるという戦略をとるという手もありますね」

恭子が言うと、ほうっというため息が部屋一杯に広がった。

「漁協さんからも、ご意見をいただけますか」

野々宮の声に、漁協を代表して来たという初老の男がうなずいた。

「漁協としては、反対する理由はないねえ。孵化場をすべて新型ししゃものために使用するのは危険だと思うんだわ。でも、その実証試験とやらの段階で水槽一つ分を提供するのはやぶさかではないし、それがうまくいったら、規模を広げていけばいいんでないかい」

台本のとおりに話が進んでいくのが小気味良かった。素直な人たちなのだ。でも、次に自分が発する言葉が、この事業がうまくいくかどうかの決め手になる。恭子は気持ちを引き締めた。

「そこで皆さんに、資金面でご協力をいただきたいんです。この事業を軌道に乗せるためには、国や道の助成金頼みでは、不十分なんです。こういうことはスピードが勝負です。水産試験場の研究を後押しし、事業化をスムーズに進めるために、会社を作りたいと思います」

案の定、微妙な空気が広がった。

「そういうことは、役場がやったほうがいいんでないかい？」

恭子が知らない男が遠慮がちに言い、何人かが同意するようにうなずいた。

「野々宮さんがいらっしゃる前で申し訳ないんですが、私は東京の五菱商事でいろんな事業を見てきました。役場が絡むと、どうしても調整に時間がかかります。民間でやるほうがスムーズです。それに、役場を排除しようというわけではありません。支援はもちろんいただけるように交渉していきます」

「そう。別にケンカするつもりはないんですよ。現に私がここに来ているわけですしね。今日のことも、こういう会合をやるので、後で報告すると申し上げてます」

野々宮がおどけながら言った。それで、会場の空気は一気に和んだ。恭子は胸を撫で下ろすと、説明を続けた。

「このししゃもを作るためには、さきほど申し上げたように、海洋深層水が必要となります。これをオホーツク海沿岸の施設から購入し、運んでくるためには、費用がかかりますす。漁協だけで負担するには、あまりに大きな金額です。助成金を受けても不足する見通しです。そこで、この事業で恩恵を受ける方々にも、一部をご負担いただきたいんです。具体的な事業計画は、これから配布する資料にまとめておきました。今日はそれを持ち帰っていただきます。皆さんにじっくり検討していただいて、あらためて会合を開きたいと思いますので」

恭子はテーブルに積み上げておいた資料を配ろうと腰を上げた。

そのとき、後ろのほうの席に座っていた木野博史《きのひろし》が手を挙げた。恭子より十歳ほど年長で豆腐店店主である彼が、この会合に参加していること自体不思議だったのに、質問までするというのは意外な成り行きだった。

木野はゆっくりと立ち上がると、男にしては赤い唇をしきりと舐めた。

「その新型ししゃもに使う深層水に興味があって、今日は参加させていただきました。これまでの話によると、水はよそから買ってくるということですが、三宅にも海はあるわけですよね。三宅に採水施設を作るわけにはいかないんでしょうか。それこそ、国の助成金などを利用して」

部屋を埋めている人々がざわめいた。恭子は、隣に座っている野々宮の横顔を盗み見た。野々宮は軽く目を閉じ、腕組みをしている。

木野は勇気を振り絞るように、拳を握り締めていた。

「深層水の採水施設がある高知県に僕の親戚がいるんです。うちみたいにちっぽけな豆腐屋ではなくて、ちょっとした工場を持っている会社なんですが……。あの、深層水って体にいいらしいですね。で、豆腐作りにもそれを使ってみたところ、結構、評判がよくて県外からも引き合いが来ているとか。新型ししゃもを作ろうというのは分かります。でも、それでは僕ら直接関係ない人間には意味がないんです。そして苦しいのは我々も同じです」

大きな声ではなかった。むしろ淡々とした口ぶりだった。それでも、その場にいる誰もが木野の言葉に何かを感じたようだった。視線を床に落とすもの、かえって胸をそらすもの。様々な反応が、恭子を不安にさせた。

全員が直接恩恵をこうむる事業なんて、あるわけがない。苦しいと言われてもどうしようもないのに。

「豆腐ばかりじゃありません。その他にも様々な食品が、深層水を利用することで価値が高まるとか。どうせならば、そこまでやっていただけないでしょうか。そうでなければ、町一丸となって、というわけにもいかないと思います」

そう言うと木野は、ハンカチで額を拭き、疲れたように腰を下ろした。恭子は何と答えるべきか分からなかった。気持ちは分かるが、無理難題を吹っかけられても困るというのが正直な胸の内だった。

木野の言うことには一理ある。しかし、採水施設を作るとなると、動く金額が違ってくる。とても自分の手には負えないし、補助金をすんなり獲得できるとも思えなかった。

二十人の目が自分を見つめている。彼らの視線が重かった。さっきまでは、若輩の自分が皆の前で話していることについて、なんとも思わなかったのに、今はプレッシャーを感じる。

だが、動揺を見せるわけにはいかなかった。この場の空気を変えなければならない。それが無理なら、ひとまず会合を打ち切ることだ。

そう思って口を開きかけたとき、野々宮が声を発した。

「検討してみましょう。すぐには無理かもしれませんが、中長期的に考えれば実現不可能とは思いませんよ。役所に案件を持ち帰って何ができるか考えてみましょう」

木野が細い目を見開いた。彼自身、そこまで好意的な回答が得られるとは思っていなかかったようだ。

恭子は思わず横を向いて野々宮の顔を見た。彼の口元は自信を覗かせるように微笑んでいた。その場を収めるための方便《ほうべん》だとは思えなかった。そんな無謀なことを言っていいのか？　あまりにも発言が軽すぎるように思えた。

考えてみると、これまで野々宮は一度たりとも「ノー」と言ったことがなかった。

「その施設とやらができれば、若いものが働く場所ができるのかねえ」

漁協代表が誰に尋ねるとでもなく言った。その言葉に、その場にいるほぼ全員の目が揺れた。

「もちろんですよ。では、今日はこのへんでお開きにしましょう。川崎さん、皆さんに資料を」

野々宮が外国人のように、両手を広げておどけて見せた。恭子は釈然としない気分のまま、資料の束を手に立ち上がった。

皆が引き上げた後、恭子は和夫、野々宮と三人で向き合っていた。

「野々宮さん、あんなことを言って大丈夫ですか？」

野々宮がすっきり整えられた眉を軽く上げた。さっきまでのひょうきんな感じは消えていた。代わりに怜悧《れいり》な空気をまとっていた。

「採水施設のことは、僕も長期的には必要かなと考えていましたから」

「実現すれば、ほんとにありがたいな。それに、高知でうまくやっているっていうんなら、ウチでもうまくできない理由はないから、考えてみる価値はあるんでないかい」

和夫が言う。

世の中、そんなに甘いわけがないじゃないか。喉からそんな言葉が出かかったが、恭子はそれをなんとか飲み込んだ。和夫と自分の間には、溝がある。でも、それを和夫に意識させたら、彼の心が硬化しかねない。

「詳しく調べてみましょうか。でも、正直ベースで言うとですね、深層水ビジネスを真っ向からやるとなると、時期既に遅しというかんじがあります。あまり風呂敷は広げないほうが……」

恭子を野々宮が遮った。

「アイデアを否定するのは簡単です。でも、挑戦してみることに意味があるのではないですか。あなたはそう思っているはずですよね。水産課で話を聞いてもらえなかったけれど、僕のところに押しかけて来たぐらいですから」

そう言われると反論しにくかった。

でも、違う。深層水ビジネスにまで話を広げてはいけない。

「それでは僕はそろそろ釧路に戻らないと。明日にでもまたご連絡しますよ」

野々宮は爽《さわ》やかに言うと、和夫と恭子に軽く会釈をした。

「遠いところまで、すみませんねえ」

和夫が愛想よく言った。

部屋を出て行く野々宮の背中を見送ると、和夫は隣にある青年部の部屋に缶ビールがあると言った。飲もうということらしい。和夫には何年か前に結婚した妻がいる。人目のないところで二人で飲んでいていいものかと迷いがあったが、この際、和夫にはきっちり話をしておいたほうがいいと思い、彼について部屋を出た。

青年部の部屋は、パソコンや電話が載った事務机のほか、簡単なソファセットがあった。テーブルの上の灰皿に、吸殻が山盛りになっている。それをゴミ箱に捨てると、和夫は部屋の隅にある小型の冷蔵庫からビールを取り出した。それを見たら、喉が渇いていたことを思いだした。恭子は埃っぽいソファに浅く腰掛けると、缶ビールに手を伸ばした。

「深層水ビジネスを本格的にやるっていうのは、ちょっとヤバイと思うよ。もうかってるっていう話は聞いたことがないし」

和夫は喉を鳴らしてビールを飲むと、口元についた泡を指でぬぐった。

「でも木野さんの言うことはもっともではないかい。せっかくなら、町全体を巻き込んでやったほうがいいような気がするんだけど」

この前まで慎重派だったというのに、どうしてしまったのだろう。恭子には和夫の気持ちの変化が理解できなかった。

「でも、うまくいかなかったら、損害も出るのよ。そうしたら元も子もないじゃない。しゃもで手堅くやれば、失敗はあまりないと私は思う。リスク対効果のことを考えると、深層水ビジネスには手を出すべきではないわ。和夫ちゃん、慎重にやるべきだって言ってたのは自分でしょう？」

和夫が視線を落とした。

「でも、成功するのは一部の人だけになってしまわないか」

「そんなこと言ってたらきりがないじゃない」

「まあ聞けよ、恭子。最近、勝ち組とか負け組とか言うだろ。そんなことにこの町もなるかもしれないって、木野さんの話を聞いてちょっと思ったんだ」

「そんな大げさなものじゃないでしょうが」

和夫は珍しくきっぱりと首を横に振った。

「いいや、違う。そもそもこの町の人たちの多くは、自分たちが負け組だと思っているんだわ。生活水準は都会とは比べ物にならないし、人はどんどん減っていく。みんな口には出さないけれど、悔しい思いをしている。それは恭子にも分かるだろう？」

「まあ、ねえ」

ここで分からないといったら、お終《しま》いだということは雰囲気で分かったので、同意を示

しておいた。それに気をよくしたのか、和夫が大きな体を前に乗り出した。

「恭子みたいにさっさと出て行ける人はいいさ。でも、そうではない人のほうが多いんだわ、現実問題として。生まれ育ったこの町が好きだっていうこともあるし」

恭子は苦くなったビールを飲んだ。結局、お前にはこの町の人の気持ちは分からないと言われているようだ。

「ともかくそんな状況なわけさ。そんななかで、一部の人たちだけが潤《うるお》うようなことを町を挙げてやろうっていうのは、理解されにくいと俺は思う。負け組のなかで、さらに勝ち組と負け組を作るみたいで気持ちがいいものではないよ。だから、とりあえず、みんなが嬉しいと思う方向に話を進めるのが筋ではないかと思うんだけどなあ」

和夫はそう言うと、目元を緩めてふっと笑った。

「まあ、恭子んちは自転車屋だから、どうにもならないけど」

恭子もつられて笑ってしまった。

自分は長らくここを離れていた。ここで生きている人たちの気持ちが分かっているとはいえないかもしれない。和夫の考えに従ったほうがよいかもしれない。それに、深層水の採水施設となると巨額の資金が必要になる。資金的に無理、という結論が出る可能性だって高いはずだ。今、ここで目くじらを立てて反対する必要はないかもしれない。

そのとき、ドアをノックする音が聞こえた。すぐにドアは押し開けられた。立っていた

のは並木和歌子だった。走ってきたせいか、肩を大きく上下に動かしている。

「どうしたんですか？　和歌子さん」

恭子が尋ねると、和歌子は胸のあたりを押さえながら、へたり込むようにソファに座った。和夫が冷蔵庫からペットボトルのお茶を取り出し、キャップをあけると和歌子に手渡した。和歌子は何度も礼を言いながらそれを飲むと、ふうっと大きく息を吐き出した。

「いや、あんたたちが帰ってしまう前にと思って、急いできたもんだから」

「いったい何があったんですか？」

和歌子の隣に腰を下ろした和夫が尋ねた。

「さっき、信寿司さんがウチに寄って教えてくれたんだけど、深層水の施設を作ろうって言う話が出ているんだって？」

和歌子の息は弾んでいた。口の端には泡をためている。それでも、目は輝いていた。

「ええ、まあ」

早速、三宅銀座のスピーカーが、その本領を発揮しはじめたらしい。今日の会議までは、あまり他人にこのことを話さないようにと念を押しておいたのに。

和歌子は和夫の肩を肉厚の手のひらで叩いた。大きな音がして、和夫が顔をしかめた。

「是非、やりなさい。今日はししゃもの話だっていうからウチには関係ないと思って欠席してしまったんだけど、そういうことなら私からもお願いしないと。そうと思ったから、

こうして駆けつけてきたんだわ」

和歌子は大きな口をあけて笑った。その迫力に飲まれるように、和夫が頭を下げている。

「ほら、ウチの実家はお酒作ってるっしょ。そんなにすばらしい水なら、いい塩梅《あんばい》のお酒ができるんでないかと思って」

恭子は、そんなに簡単にいくものではないと言おうとした。だが、嬉々として実家の造り酒屋について説明を続ける和歌子に、どういうふうに話をしたらいいのか分からなかった。和夫はビールを飲みながら、相槌を打っている。よく付き合えるものだと思ったけれど、ここは我慢だと自分に言い聞かせた。

「そういえばこの話を考えたのはあの東京から来たとかいう池野さんかい？　男前だけど何を考えているか分からない人だっていう評判だったんだわ。でもいいところあるね。今度、お見合でも勧めてみようかねえ」

ひとしきり話を終えると、和歌子は満足したように鼻から大きく息を吐いた。そして再び和夫の背中を叩いた。

「頼みますよ、青年部長！　恭子ちゃんも、本領発揮してちょうだいねえ。いやあ、あんたのところのお父さんとお母さんも、これであんたを東京の大学までやったかいがあったってもんだわ」

思わずむっとした。だが、それを察したように和夫が目配せをしてきた。口答えをするな、という意味らしい。和歌子は満面に笑みを浮かべている。確かに、彼女の興奮に水をさすのはかわいそうな気がした。

恭子は「はあ」と小さく言うと、複雑な気分で微笑んだ。と同時に、腹を決めた。しようがない。とりあえずは、採水施設の建設まで視野に入れて考えることにしよう。

4章　赤信号

三宅川沿いの道を走っていると、頭上から桜の花びらが降り注いできた。淡い色の空から落ちてくる淡い色の花びら。ガラにもなくセンチメンタルな気分になる。

この地にもようやく春がやってきた。

今年は二度、桜の季節を味わえた。こんなことはおそらく、一生に何度もないだろう。

朝、食事と開店準備をすませた後、ランニングをすることが最近の恭子の習慣だった。健《すこ》やかな体でなければ、いい仕事はできないというのが持論だ。できればスポーツクラブに通いたかったが、そんな便利なものが三宅にあるはずがなかった。町民体育館には申し訳程度にランニング用のトレッドミルや筋トレマシンが置いてあった。しかし、たいてい老人連中に占拠されているから、走ることにしたのだった。雨が降っていない限り、毎朝、息が軽くはずむ程度のゆるやかなペースで約三十分。これだけ走っておけば、多少、食べ過ぎても酒を飲みすぎても太ることはない。

雲の間から日差しが差し込み、川面が輝いた。もうすぐ、この川に孵化場で冬を越したししゃもの稚魚が放流される。

今年は無理だ。でも、できれば来年、遅くても再来年には、虹色ししゃもの稚魚を放流したい。

会社を設立するための資金は、思いのほか順調に集まった。いいことかどうか分からない。けれど、町の人たちの心を動かしたのは、深層水ビジネスへの期待だった。農家の嫁と呼ばれる立場の女性たちがグループを作り、深層水と町の西部のいくつかの農家が栽培しているブルーベリーを組み合わせ、特産品として売れるようなジャムを作りたいと言って来た。旅館の女将粟野安江は、町内に二軒ある民宿と共同で町営のスパのような施設を建設するよう、役場に働きかけたいという。町民の保養と観光客の呼び込みの両方に効果的ではないかというのだ。

このほかにも、化粧品会社と提携して自然派化粧水を作れないか、農作物の栽培に深層水を使ったらどうかなど、実に様々な相談が商工会にある新会社の設立準備室に持ち込まれた。

当初は午後一時から三時までしか準備室に詰めていなかったのだが、それでは相談者を捌《さば》ききれなかったため、このところは夜間に二時間ほど部屋に出向いている。

相談にやってくる人たちには、まだそういう話をする段階ではないと、やんわりと伝えていた。しかし、彼らが恭子の話をきちんと聞いているかどうかは怪しかった。

　二十分ほど走っているうちに息が苦しくなってきた。昨夜、和夫と打ち合わせと称して飲んだ際に、アルコールを過ごしてしまったのかもしれない。スピードを徐々に落とし、歩行態勢に入った。汗が背中を滴《したた》り落ちた。

　今日はこのへんでやめておこう。無理は禁物だった。今日は午後、大きな仕事が控えているから、疲れすぎたくはなかった。

　コンクリートで固められた土手に腰を下ろし、首にかけていたスポーツタオルで汗をぬぐった。頬を撫でる風が心地よかった。

　足元に親指ほどの石が転がっていた。何気なくそれを手に取り、水面に向かってほうった。石は見事な放物線を描き、ぽとりと水面に落ちた。まずは点が浮かび上がった。そして波紋が広がる。

　ししゃもはたぶん、あの石みたいなものだ。異質なものを突然投げ込まれ、町の人たちの心に火がついた。それは本来、喜ぶべきことのはずだった。店が減り、働き場所が減り、人が減り、少しずつ死に向かっていた町が、息を吹き返そうとしている。死を覚悟していた病人が突然、生きる目的を見出し、食欲を取り戻す様と似ているかもしれない。

だが、それがこの町にとってよいことだという確信がなかった。

　虹色ししゃもは売れる。そのことについては疑っていなかった。もし売れなければ、それは自分の手腕が悪かったということだ。

だが、深層水ビジネスが成功するとは思えなかった。あの会合の後、他の地域の取り組みをざっと調べてみて、その思いは強くなっていた。

そのとき背後で足音がした。振り返ると美紀が立っていた。網目の細かい藤色のセーターにジーンズをはいている。

土手に沿って走る車道には、美紀の軽自動車が停めてあった。出勤の途中のようだ。

「久しぶりだね」

いつか野々宮と店に行って以来だと思いながら恭子が言うと、美紀は硬い表情を浮かべたままうなずき、恭子の隣にしゃがんだ。寒そうに肩を縮めながら美紀は言った。

「車から恭子が見えたから。ちょっと訊きたいことがあって」

「何?」

「最近、うちの店では恭子と和夫が始めるっていう深層水施設の話で持ちきりさ。あれ、本当にやるわけ?」

「長期的に考えているっていうだけ。近いところでは、実際に始まるのは、あのししゃもの稚魚を育てて放流する事業だよ」

美紀は思いつめたような目をして恭子を見た。そして、早口でしゃべり始めた。

「ししゃもをやめて、深層水だけやるっていうわけにはいかないの? みんなそれで満足してくれるしょ。実は池野さんが最近、思いつめているかんじなの。あの人言っていたわ。まるで、恭子に騙《だま》されたみたいだって。自分にはそんなつもりはなかったのに、いつの間にか自分の研究が、自分の手の届かないところに行ってしまったって。誰だってそんなことになったら気分を悪くするわ」

だから、と言いかけて恭子は気付いた。

「なーんだ。美紀、結局、あの人と付き合い始めたんだ。よかったじゃない」

池野が自分の心の内を美紀に語ったというのは、そういうことだと思った。

美紀は顎を振り上げると、きつい目をした。

「そうよ。だから、恭子の強引なやり方が許せないんだわ。大勢の人のためになることをやりたいっていう気持ちは分からなくもない。でも、そのために誰かの心を踏みにじってもいいっていうことにはならないんではないの？」

同じようなことを和夫にも言われた。たしかにその通りだ。だけど、船はもう沈みはじめている。乗員一人ひとりにそういうへんな気遣いをしていると、結局は全員が沈むことになる。

恭子はできるだけ気軽な調子で言った。

「そう心配しないでいいよ。そのうち、池野さんも分かってくれるって。誰だって自分の仕事が人の役に立ったら嬉しいはずなんだから。そうでなきゃ嘘でしょう。私は池野さんのことをよく知っているわけではないけれど、最初に話したかんじではひとかどの人物のように見えた。だとしたら、私の言っていることを理解できないはずがないと思う」

少々池野を持ち上げすぎだが、わざとそう言ってみた。美紀は何も答えない。視線を水面に移し、考え込むように唇を引き結んでいる。

彼女の美しい横顔を見ていると、ふと意地悪な気持ちがわいてきた。

「じゃあ美紀が池野さんに聞いてみなよ。なんでそんなに嫌なのかって。正当な理由があるなら、私だって考えなおすよ」

美紀が身じろぎをした。おそらく彼女も池野にそのことについて尋ねてみたことがあるはずだ。当然の疑問だから。彼女も答えてもらえないのだ。だとすると、やはり池野は何かつまらない理由でごねているだけ、ということになる。そんなちっぽけなことを気にしていてもしようがない。

恭子は立ち上がると、トレーニングパンツの尻の辺りを軽く手で払った。

「それじゃあ、私、そろそろ行くね。今日は東京から取材の人が来るのよ。あのしゃもを新聞で紹介してくれるって。すごいでしょう？　全国版に載るのよ」

美紀が何か言いたそうに唇を開いたが、恭子はそれを無視した。

「美紀にとってもいいじゃない。ちょっとした有名人になるわよ、彼」

美紀の頬がさっと赤くなった。恭子はそれを確かめると、軽やかに走り始めた。

東日《とうにち》新聞の東京本社科学部からやってきたのは、二十代と思しき背の高い記者と、中年のカメラマンだった。恭子は二人を三宅駅前のバス停で出迎えた。記者のほうは五菱商事の広報部にいる同期の社員に紹介してもらった。名前は春日部《かすかべ》という。

彼を招くことができたのは自分の功績だ。広報部の同期に泣きついて記者の興味を引きそうなニュースリリースの作り方を教えてもらった。それをファクスで送った後、電話をかけて取材に来てほしいと頼んだ。春日部は現在、日曜版の紙面で不思議な生物の写真企画をやっているからちょうどいいといって、来てくれることになったのだった。「偶然ですね」と驚いてみせたけれど、東日新聞に狙いを定めて売り込みをかけたのは、各紙の企画や連載を調べ、その企画が最も合いそうだと思ったからだ。

「遠いところをすみません」

作ったばかりの名刺を出しながら頭を下げると、春日部と名乗った記者は「うまいものが食べられるから出張は大歓迎ですよ」と笑った。ふわっとした笑顔は、育ちのよさを感じさせるものだった。

「しかし、こっちはまだ肌寒いですねえ」

原田《はらだ》というカメラマンが、機材が入っていると思われる大きなバッグを肩で揺すりながら言った。彼のほうは少々、癖がありそうだ。歯が黄色くヤニで染まっている。

「とりあえず、車に乗ってください。狭くて恐縮ですが」

父の車に二人を押し込めると、水産試験場に向けて車を発進した。

「今日、説明をさせていただくのは、開発者の池野と場長の鈴木の二人です。主に鈴木がお話しすることになると思いますが」

「どなたでもいいですよ。それに今回の企画は、文章より写真がメインですからね」

後部座席で如才《じょさい》なく春日部が答えた。取材に回答するのは開発者でなければダメだと言われたらやっかいだと思っていたので、気分がずいぶん楽になった。

「今夜はこっちに泊まるんですか？　東京に戻る最終便の飛行機には間に合わないですよね」

「いや、釧路に宿を取りました。ビジネスホテルってこのヘンにはないでしょう？　旅館に泊まるっていうのはちょっと具合が悪いものだから。実は今日の取材させていただく話は日曜版に掲載することになってるんですよ。原稿と写真を今晩中に送らないといけないものだから」

今日は金曜日だった。

「まあ、原稿は三十行だからさらっと書いてさらっと送れるんですが、原田さんの写真がね。旅館の場合、ネットにうまく接続できない場合があるんですよ。写真の電送には携帯はちょっと具合が悪くて」

「なるほど、そういうことですか。たいへんなお仕事ですね」

「いや、それほどでもないですよ。だって考えてみてくださいよ。今日なんて僕、実働一時間ぐらいじゃないですかね」

春日部はそう言うと明るい声で笑った。ひどく懐かしい響きだった。こういう軽薄な笑いが、この町にはない。昔はあったのだろうか。記憶を手繰っても思い出せなかった。

試験場の玄関では、鈴木が池野を従えて記者の到着を待ち構えていた。満面に笑みを浮かべ、もみ手をせんばかりの勢いで、春日部と原田に歩み寄ると何度も頭を下げた。自分の父親ほどの年齢の男に頭を下げられたら、心苦しかろうと思って恭子はやきもきしたが、春日部はそういう場面に慣れているのか、軽く受け流すと、早速水槽を見学したいと言った。

水槽のある部屋へと歩いていく間にも、春日部は鈴木から巧みに話を聞き出していった。いつの間にか取り出したメモ帳に何かを書き付けている。若いといっても手馴れたものだった。この分なら、文章のほうも期待できそうだ。

例のししゃもがいる水槽の前まで来ると、春日部と原田はそれを覗き込み、感心したような声を上げた。誇らしい気持ちだった。そして、自信が深まった。一般の人と比べていろんなものを見聞きする機会が多い記者がこういう反応を示したということは、自分の見る目が間違っていないということだ。

説明をする鈴木の声も上ずっていた。

「それじゃあ、原田さん、写真をお願いしますよ」

春日部はそう言うと、本格的に鈴木に質問をし始めた。原田がカメラを取り出し、レンズをセットし始めた。レフ板のようなものを使うのかと思った。だが、新聞の写真撮影はそういう大掛かりなものではないようだ。

「すみません、水槽を覗き込むような格好をしてもらえませんか」

原田が池野に向かって言った。池野がぎゅっと眉を寄せた。

「僕が写るんですか？　それは勘弁してください。魚だけでいいじゃないですか」

「いや、人物がちょっと入っていたほうがいいんですよ。そうすると魚の大きさもだいたい分かるし。横顔だけだし、お願いしますよ」

「それなら、私が入りましょうか」

恭子の申し出に対して原田は首を横に振ると、背後にある柱に背をもたせかけるようにしながら、顔を真っ赤にして春日部の質問に答えている鈴木をちらっと見た。

「女性っていうのはありがたいんですが、この場合、試験場だから作業着を着た男性が最適なんです。もし、あなたがどうしてもダメというなら、後で鈴木さんにお願いします。なので、とりあえずやっていただいて、構図だけ決めさせてもらえませんか？」

池野は躊躇《ちゅうちょ》するように鈴木のほうを見たが、あきらめたようにうなずくと、水槽に近づいた。まったくもって、もったいつけた男だ。写真撮影に協力するぐらい、わけもないことのはずなのに。

「そうです。そんなかんじです。でも、もう少し水槽に顔を近づけてもらえませんか。ちょっと右を向くようなかんじで」

原田がシャッターを切る音が響いた。フラッシュを浴び、水槽の中で虹色の魚体が輝きを増した。

「したら、よろしく頼みます。お金のほうは、近いうちに振り込ませていただきますから」

瑞垣和夫は何度も頭を下げると、部屋を後にした。

腋の下に汗をかいていた。額にも。それをそっと手のひらでぬぐうと、安堵がこみ上げてきた。

昨夜遅くに三宅を出て、徹夜で車を走らせ、北海道北岸にある浦安《うらやす》町にやってきた。この町は、海洋深層水の採水施設を今年夏に稼動する。

知り合いの知り合い。そのまた知り合いの伝《つて》をたどり、稼動次第、水を分けてもらえるよう話をつけることができた。自分にも何かできることがないかと考えて、水産試験場の鈴木に相談したところ、水を確保する算段をつけてもらえればありがたいと言われたからだった。

和夫は携帯電話をズボンのポケットから取り出した。恭子に電話をして驚かせてやろうと思ったのだ。だが、すぐにそれを元通りにしまった。息せき切って知らせる必要はなかった。彼女は上司でもなんでもないのだから、報告の義務もないだろう。そして、もし彼女の機嫌が悪かったとしたら、相談もなく浦安町まで来てしまった自分に、皮肉の一つぐらい投げかけてきそうだ。

せっかくのいい気分を彼女に台無しにされたくなかった。

会社を立ち上げることになってから、和夫は町を走り回ってきた。知り合いの家を一軒、一軒回って、資金集めに協力を求めた。漁協の幹部や役所の人間にも頭を下げ、酒席に付き合った。

田舎《いなか》で何かをやろうとするなら、ビジネス論などぶってもダメだ。派手な動きをしても、疎《うと》まれるだけだ。それよりも重要なことは、人の心をつかむことだった。それは、ドブ板選挙にも似ていて、決して楽なものではない。でも、誰かがやらなければ話は先に進まない。それを自分はやったのだ。もっと感謝されてしかるべきだと思う。だが、自分を評価してくれる人間といったら、信寿司の進藤ぐらいなものだった。恭子や野々宮は、派手なことばかり考えている。

新聞社に取材をさせるというのも、その一つだ。今頃、恭子は新聞社の取材に同行しているはずだ。きっと、得意げに説明をして回っていることだろう。

苦々しい思いがこみ上げてきた。だが、それは長くは続かなかった。建物を出ると、春の風が肺を満たした。浦安町も海沿いにあるが、海から吹いてくる風の匂いが三宅とは少し違った。三宅の風には甘さが少し含まれているのに対し、この町を吹く風にはしょうがのような乾いたにおいが混ざっている。それは和夫の鼻腔を心地よく刺激した。

三宅のことを誰より分かっているのは自分のような人間だ。そして、自分は三宅のために重要な商談をまとめてきた。充実感が体を満たす。

煙草に火をつけると、微笑みが自然にもれてきた。

携帯電話が鳴った。父親からだった。商工会の仕事に首を突っ込みすぎていると最近、言われている。今日も店を無断で休んで、ここにきてしまった。

電話は鳴り続けている。どうしようかと少し迷ったが、スイッチを切った。

三宅の明日のことを考えて動いているんだ。三宅の人間のことを考えて、一役買って出ることにしたんだ。そのどこがいけない。

◆

日曜の朝、恭子は目覚めるとすぐに着替えて車に乗った。海に向かって車を走らせる。

休日のせいか、車はあまり走っていない。窓を少し開けると冷たくて潮っぽい風が吹き込んできた。夜の余韻《よいん》でとろりとしていた体が、みるみるうちに引き締まっていく。

五分ほど走ると、鮮やかなブルーの看板が見えてきた。この町のコンビニエンスストア第一号。こんなときには、やはり便利なものだ。

自動ドアを入ってすぐのところにある新聞ラックから東日新聞を一部抜き出した。紙面に折り目をつけないように丁寧に二十二ページの科学面を開いた。

カラー写真が目に飛び込んできた。「虹色ししゃも」という見出しも。

すぐにでもじっくり読みたかったけれど、店員の視線が背中に刺さっているのを感じて、恭子は新聞を畳んだ。ラックからもう二部を抜き出した。レジカウンターにそれを載せると、「研修中」という札をつけた初老の男が、何か言いたそうな目をして恭子の顔を見た。

「大丈夫です、同じものでいいんです」

恭子は笑いながら言うと、コインをカウンターに載せた。

車に戻ると、さっそく買ってきた新聞を広げた。

はがきより少し小さいぐらいの写真が掲載されている。新聞の写真であの色合いが再現できるのか、と心配していたのだけれど、それは杞憂《きゆう》だった。七色の鮮やかな輝きが紙面上にきれいに再現されている。写真の右端に少しだけだが、池野の横顔が写っていた。そこで恭子は首をひねった。原田というカメラマンは、池野には構図を決めるためだと言って、被写体になってもらったはずだった。そして実際、池野を撮影した後、鈴木場長の写真を数十枚は撮影していたはずだ。なぜ池野なのか、ちょっと分からないところがあったが、気にするほどのことではないだろう。池野が文句を言うかもしれない。でも、怒りの矛先《ほこさき》は自分ではなく原田かあるいは春日部に向かうはずだった。

文章も思ったより分量が多かった。写真と同じぐらいのスペースにまとめられていた。ざっと内容を確認した。

不思議な色合いのししゃもを北海道の研究機関が開発した。味がよく、栄養成分も通常のししゃもより豊富。

三度読んだ。もう少し「画期的」というイメージを強調してほしかったが、まあ悪くはない。一般の人がこの記事を読んだら、食べてみたいと思うだろう。明日以降、試験場に問い合わせが殺到するかもしれない。あの鈴木場長のことだ。張り切って自ら問い合わせに応対するのではないだろうか。その場面を想像すると、笑いがこみ上げてきた。

恭子は新聞を丁寧に畳むと袋に戻し、車を発進させた。

鼻歌が飛び出しそうになる。ラジオをつけたら、ビリー・ジョエルが流れてきたので、声を出して歌った。

春日部に明日にでも電話をしてお礼を言っておこう。できれば、続報も書いてもらいたいところだった。五菱商事の広報部にいる同期は、「継続が力になる」と言っていた。一度、大きな記事が掲載されるとそれで満足してしまう人が多いが、実際には小さな記事が繰り返し出るほうが、宣伝効果が高いと彼は言っていた。そのためには、記者と関係を切らないことが大切だという。心がけておこう。

野々宮も記事を見てくれただろうか。見ていないはずがない。もしかすると後で電話がかかってくるかもしれない。

家に戻ると、久しぶりに鉄三が茶の間に座っていた。朝食を済ませたところのようで、お茶を飲みながらテレビの画面に見入っていた。週内のニュースを振り返る情報番組だった。歯に衣《きぬ》を着せぬ物言いで知られる老キャスターを鉄三はひいきにしていた。

鉄三の髪には見事に寝癖がついていた。それはいつものことだが、倒れる前と比べて白髪が増えたようだ。恭子は買ってきたばかりの新聞を開き、ちゃぶ台に載せると、明るい声で鉄三に話しかけた。

「ほら、これ見てよ。すごいでしょう。三宅はこれで有名になるよ」

鉄三は手元にあったケースから老眼鏡を出すと、鼻に載せるようにしてそれをかけ、恭子が指で示した記事を目で追い始めた。

「私が見つけたんだよ、そのししゃも。新しくできる会社でこれをプロデュースしていくからね。やりがいがあるわ、ホント」

「これ、全国版だなあ」

鉄三が感心するように言った。

「もちろん。地域版に載っても意味ないもの。そこらへんは、私の人脈がモノを言うというか……」

「あ、これは池野さんか。なんか無口な人だったけどこういう仕事をしていたのか」

食器棚から自分の湯飲みを出すと、急須《きゅうす》に入っていたお茶を注いだ。少々ぬるいが、気にしないことにする。

恭子が戻ったことに気付いたのか、民子が朝食を載せた盆を運んできた。白飯と味噌汁とホッケの焼いたもの。お腹の虫が鳴いた。

「お母さんも、ちょっと見てよ」

恭子は鉄三の手から新聞を取り上げると、民子に差し出した。民子は割烹着の前身ごろで手を拭くとそれを手に取った。

「最近、商店街の人たちも虹色のししゃもとか、深層水とかの話をよくしているけれど、こういうものなんだねえ。たいしたものだわ」

完全には冷え切っていないホッケを熱々のご飯にのせて口に運びながら、恭子は誇らしい気持ちで、記事に見入っている民子を眺めた。これまでも、これから作る会社やししゃもの話を二人にはしてきた。だが、いまひとつそのインパクトについて理解できていないようだった。これで二人にも自分たちの娘がやろうとしていることが、はっきりと分かっただろう。

「まあ、これぐらいのこと、どうってこともないんだけどね」

そう言いながら、味噌汁の具が何なのか確かめようとした。そのとき、思いがけず厳しい声が降ってきた。

「あんた、言葉遣いには気をつけなさいよ」

箸を持つ手が止まった。

民子は新聞を丁寧に畳んだ。それを膝の上に載せ、恭子をまっすぐに見た。

「あんた、自分は偉いんだって思っているんでないかい？　この町の人なんて、どうっていうことないって言っているように聞こえるよ。そういう気持ちは、すぐに態度に表れるもんだからねえ。東京では当たり前のことかもしれないけれど、ここではそういうのはよくないわ」

恭子は味噌汁に入っていたなめこを箸でつまみ、口の中に放り込んだ。歯ごたえが良かった。

「信寿司さんに聞いたけど、あんた、お金も集めて回ってるわけでしょう？　そういうことをする人間は、腰が低すぎるぐらいでちょうどいいもんだよ。天狗になってはいけないっしょ。人の気持ちを考えないと」

別に天狗になんかなっていない。

そう反論しようと思ったが、鉄三が民子に同調するようにうなずいているのを見て、気持ちがひるんだ。

「恭子は商売をしたことがないから、そのあたりのことには気をつけたほうがいいかもしれないな。俺に似て短気なところがあるし」

なめこを飲み下した。喉に引っかかるようなかんじがした。

「何を言っているのよ。商社だって商売だよ。頭を下げたことなんて何度もあるし、そのあたりの呼吸は分かっているから大丈夫だって」

「しかし、会社の看板は今はもうないべさ。あんたはもう五菱商事の川崎恭子ではないんだよ。自転車屋の娘ってだけなんだから、そこらへんは気をつけないと」

民子が本気で心配をしているということは、目の色から分かった。だが、素直にはなれなかった。応援してほしい人たちに意見されるなんて、がっかりだ。

「二人とも心配しすぎ。黙って見ていてくれればいいのよ。とにかく、私に任せておいて」

鉄三と民子は困惑するように顔を見合わせた。

言い過ぎたかもしれない。でも、自分だって傷ついた。二人には単純に喜んでもらいたかった。さすが我が娘と思ってもらいたかった。それなのに、あんなふうに言われたら、こっちだってやるせない。

恭子はホッケの最後の一切れを飲み下すと、使い終わった食器を盆に載せ、台所に向かった。背中に注がれる視線が痛かった。

裏口のチャイムが鳴ったのはそのときだ。どうせ民子が出るだろうと思って、食器を流しに下げ、腕まくりをしてスポンジに洗剤をつけた。

だが、民子が台所の入口にかかっている暖簾《のれん》から顔をのぞかせた。

「美紀ちゃんが来ているわ。あんたに会いたいって」

「美紀が？　こんな日曜の朝っぱらから？」

胸騒ぎがした。美紀とは河原でケンカ別れのようになったときから、一度も話していなかった。

「美紀ちゃん、なんか様子が変なんだわ。早くいってあげなさい。片付けは私がやっておくから」

「分かった」

セーターの袖を元に戻すと、恭子は茶の間に戻って、脱ぎっぱなしにしていたジャンパーを手に取った。家に招じ入れて話すより、外で話したほうがよさそうだった。

ジャンパーを羽織りながら戸口を出ると、青い顔をした美紀が立っていた。いつものんびりとした表情は、彼女の顔のどこを探してもみつからなかった。服装も妙だった。マーメイドラインのスカートに女性らしいシルエットのジャケットという華やかな服装をしている。化粧もいつもより濃い。それなのに、足元が安っぽい人工皮革のビット付きローファーだ。美紀はそういうミスを犯すタイプではなかった。

彼女が恭子を見る目つきも、鋭かった。

「あなた、池野さんにまた何かしたの？」

「どういう意味？」

「こっちが聞きたいわよ。今日、会う約束だったのに、それどころではなくなったって……」

すぐに、新聞記事のことが頭に浮かんだ。あの記事を彼が目にしたら怒るだろうとは思っていた。だが、女性と会う約束をキャンセルするほどの大問題だとは思えなかった。

写真嫌いな人、目立ちたくない人がいる、ということは分かる。そういう人を否定する気もない。でも、月曜日に出勤した後、新聞社なり自分なりに、怒りをぶつければそれで十分ではないか。

恭子には池野のことが分からなくなってきた。

「なんだか、ものすごく切羽詰まっているようなかんじだったの。だから私、池野さんの家に行ってみたの。そうしたら、出かけてしまっていて。携帯にかけても留守電だし」

美紀のこともよく分からなくなってきた。そこまでする必要があるのだろうか。だが、彼女の体が細かく震えているのを見ると、そう言って突き放すことはできないと思った。

いや、別に突き放してもいいのかもしれない。どうせ、彼女は何を言っても素直に受け取ってくれない。だが、さっき鉄三と民子に言われたことが、心に引っかかっていた。人の気持ちを考えない。自分にはそういうところがあるのかもしれない。少なくとも池野に関しては、そう言われてもしかたないような気もしてきた。

「とりあえず、池野さんの家にもう一度行ってみる？　付き合うわよ」

美紀の目の色が変わった。

「何っ？　恭子、何をしたの？」

食いつきそうな表情を浮かべている美紀を見て、気分が萎《な》えかけた。でも、いったん口に出したことを飲み込むわけにもいかなかった。

「何かしたなら、彼に謝ってよ。お願いだから」

「車の中で話すから。とにかく早く行こう」

恭子は美紀の返事を待たずに歩き出した。


美紀が運転する車の中で、恭子は今朝の新聞に記事が掲載されたことを説明した。

「でも、そもそもあの人は取材なんて、嫌だったのよ。私にはそう言っていたわ。恭子が強引に取材の話を進めたんじゃないの？」

「しようがないじゃない。ウチの町には今、それが必要なことなんだから」

　この話を続けたら、この間と全く同じ展開になってしまう。議論は決してかみ合わないだろう。話題を変えたほうが無難だ。

「記事が出ることはあの人だって知っていたわけだから、突然怒る理由にはならないよ。何か他に事情があるのかね。むしろそっちのほうが私は気になるけど。美紀はそのあたりのことを聞いていないの？」

　美紀は唇を嚙んだ。グロスが前歯につきそうだ。赤信号で停車したとき、美紀はぼそっとつぶやいた。

「私にもよく分からない」

「付き合っているんだよね、二人は」

　美紀が小さく顎を引く。

「その……。やっちゃったわけ？」

　あまりに直截的な表現かと思ったが、確かめておきたかった。案の定、美紀は非難がましい目で恭子を見たが、かすかにうなずいた。

　美紀はいい加減な気持ちで、男性と付き合ったりはしない。かなり慎重なほうだ。となると、二人はかなり真剣に交際していたと考えてよさそうだ。

「誠実な人なのよ。でも、よく分からないこともあるの」

アクセルを踏みこみながら、美紀が言った。

「私のことは分かってくれるのよ。私がこの町から一生、離れたくないことや、結婚したら親と同居してほしいこととか……。でも、自分のこととなると、口をつぐんでしまって……。今の自分が、自分のすべてだっていって、はぐらかすの」

結婚、という言葉が美紀の口から出てくるとは思ってもみなかった。まだ付き合って間もないはずなのに。

どうしてそんなに結婚を急ぐのか。

そんな言葉が喉元まで出かかった。でも、今の美紀にそう言っても、聞く耳を持つはずがない。恭子は先を促《うなが》した。

「今日は、私の従姉妹《いとこ》に会ってもらう予定になっていたの。ほら、話したことあるしょ？　私より三つ上で、帯広に住んでいる人。池野さん、人と話すのが得意ではないほうだから、ウチの親に会ってもらう前に、彼女に会ってもらおうと思ったんだわ。ドライブがてらでかけるはずだったのに」

それきり美紀は黙り込んだ。

車はさっき来たコンビニの前を通り抜け、海沿いの国道に入った。そして、二階建てのアパートの前で止まった。二階へ上る階段のトタン屋根に大きな穴が開いている。五つ並んだ木製のドアの中には、表面の化粧板が剝《は》げ落ちているものもある。

建物のうらぶれた感じは、恭子が池野に抱いている違和感を増幅させた。試験場の給料ならもう少しましな部屋を借りられるはずだ。

車から出ると美紀は音を立てて階段を上った。一番手前のドアをノックしながら、中に向かって呼びかけた。

「池野さん」

返事はなかった。外廊下に面した窓は、すりガラスになっていたが、部屋の電気がついていないことは分かった。

「どうしたんだろう、ほんとに」

美紀は携帯電話を取り出すと、乱暴な手つきでボタンを押した。耳に押し当てると、すぐに苛立たしげにそれを離した。

「電源が切れてるわ」

美紀はそうつぶやくと、泣き出しそうな目で恭子を見た。

「ねえ、そんなに心配しなくていいんじゃないの。第一、よく考えてみなよ。約束をキャンセルされて美紀が怒っているっていうのは分かる。でも、少なくとも美紀が池野さんを怒らせたわけではないし、何か急用ができただけじゃないの？　そんなふうに気を揉む必要はないよ」

「でも、私は……」

「とにかく車に戻ろう。どこかで、お茶でも飲もうよ。後でもう一度、来てみればいいじゃない。あんまりヒステリックなことをすると、かえって嫌われるんじゃないの。池野さんには池野さんの事情ってものがあるんだから」

美紀の体が硬直するのが分かった。恭子は彼女の細い肩に手をかけると、体の向きを変えさせた。

「さあ、行こう。この先にドライブインがあったよね。池野さんとの馴《な》れ初《そ》めとか聞きたいし」

美紀の肩から力が抜けるのが分かった。

◆

「どういうことなんですか？　池野さんの行方が分からないとは」

野々宮の声は低く落ち着いていた。だが、動揺していることは明らかだった。彼の右側の口角近くに、そり残しの髭が一本あった。二ミリほどのそれが、まるでぜんまい仕掛けの人形のように、一定のリズムで震えていた。打ち合わせに来たところ、いきなり池野の居場所が分からないと言われたのだから彼が戸惑うのも無理ない。恭子の心臓も拍動を強めた。その後、美紀から連絡がなかったのでみつかったものと楽観していた。

野々宮と恭子、そして鈴木場長は、茶碗にほぼ同時に手を伸ばした。

「私にもさっぱり。週明けに池野が出勤していないことには気付いておりましたが、何か用事があるのか、あるいは体調でも悪いのかと、気にもとめていなかったものですから。でも、二日連続で無断欠勤となると、病気で倒れているのではないかと総務部長が心配し始めましてね。携帯電話に何度かけても反応がないもんだから、今朝、アパートの部屋に入りました。が、彼はいなかったというわけです」

鈴木はうわずった声で言うと、お茶を含んだがそのとたんにむせた。ごぼごぼと苦しそうに喉を鳴らす鈴木を、野々宮が冷ややかな目で見ながら言った。

「借金でもあったんですかね」

「さあ。女がらみの悪い話がありそうな男でもないし」

恭子は膝の上で重ねた手に視線を落とした。

日曜、美紀とお茶を飲んだ後、再び池野のアパートに行ってみたが、彼は帰宅していなかった。夜になって、もう一度行ってみたが、不在だった。大の男が一日、アパートに帰らないぐらいのことで、騒ぎ立てる必要はないと美紀を説き伏せ、そのまま家に帰った。

だが、池野は姿を消してしまった。現在、火曜日の午後二時。ほぼ二日間、連絡が取れていないことになる。日曜の時点では、池野が美紀との約束を破った理由は大したものではないと考えていた。美紀が神経質すぎるのだと。しかし、今日まで姿を見せていないというのは異常だ。美紀の不安は適中していたのか。そうなると一つ気になることがあった。

「池野さん、新聞に写真が載るのを嫌がっていました」

恭子が言うと、鈴木場長が顔をしかめた。

「ああ、あの件ね。土曜日の夜に記者さんから私のところには、池野の写真を使うという連絡がありました。いやなに、先方が魚の色合いが一番きれいなカットに、彼が写っているというものだから。別に写真ぐらいかまわんだろうと思って、オッケーしたんです。池野にわざわざ伝えるほどのことでもないと思いました。でも、そんなことですねて行方をくらますなんて、あまりに子供じみている」

その点は、恭子も同感だった。

「家族の方に連絡は入れてみましたか?」

野々宮が尋ねると、鈴木が舌打ちをした。

「ええ。今朝、電話をしてみましたが、つながらんのです。履歴書に書いてあった御両親の連絡先に電話をしてみたんですが、全く別人のところにかかってしまいましてね。今日の夕方にでも、ウチのほうから警察に捜索願を出すことにします」

「まあ、池野氏のことはとりあえず置いておきましょう。大人が自分の意志で失踪したら、見つけ出すのは困難でしょう。そういう茶番に付き合うほど、私も暇ではないものでね。それより、池野さんが抜けたことにより、ししゃもの開発にどんな影響が出るのか、そのことについてご説明をいただきましょう。栽培方法の手順などは当然、鈴木さんを含めて他の研究員の方が把握しているんでしょう？　ならば、我々の計画に影響は出ませんよね」

野々宮が言うと、鈴木がバツの悪そうな表情を浮かべた。

「それが……」

「何か問題があるんですか？」

野々宮の目つきが鋭くなった。恭子も身構えた。

「まあ、なんとかなるとは思うんですが」

曖昧な笑いを浮かべている鈴木を、野々宮がねめつけた。

「はっきりおっしゃってください」

鈴木はあきらめたようにため息をつくと、稚魚を育てる際に添加する成分の一つが、池野しか分からないのだと言った。

「特許を出願する前に、もう一度実験をしたい。その結果を報告するからそれまで待ってほしいといって、私にも教えてくれなかったんです。さっき、研究員にそれとなく池野の研究している内容を訊いてみましたが、誰も細かいところまでは知らなくて」

心臓をぎゅっとつかまれたような心持ちがした。池野が姿を消したということの重みが、実感となって体にのしかかってきた。今のままではあのししゃもが作れない、そう言っているのだ。わざわざ鈴木が野々宮を呼びつけた理由は、そこにあった。

「どうしてくれるんですか」

恭子は思わず机を叩いていた。驚いたように鈴木が体をのけぞらせる。

「開発については任せてほしいと鈴木さんがおっしゃるから、私はでしゃばらないようにしていたんですよ。それなのに、池野さんに対してそんなぬるい対応をしていたなんて。信じられないわ」

鈴木の顔にさっと朱が走った。

「川崎さん、興奮しなさんな」

野々宮が恭子の腕に手をかけた。恭子はしかたなく腰を下ろした。だが、怒りは少しも収まらなかった。

鈴木は開き直るように咳払いをすると、ぐっと胸を突き出した。

「まあそういうことですから。池野がひょっこり姿を現す可能性だってあるわけですから、あまり悲観することもないですよ」

「是非ともそうあってほしいですね。とりあえず、しばらくの間、池野氏が姿を消したということは内密にしておいてくださいよ。そうだ。実家で不幸があったから、しばらく休むとでも説明をしておいてください。今は大事なときです。妙なゴタゴタは勘弁していただきたい」

「分かっていますよ。このことは、私と総務部長だけの胸のうちにとどめておきますから」

野々宮はそう言われると、足元においてあった鞄に手をかけた。恭子は鈴木に対して、まだ言わなければならないことがあるような気がした。だが、怒りをぶつける以外に、何をすればいいのか分からなかった。かろうじて思いついたのは、池野の行方を探すための手がかりを得ることだった。

「池野さんを推薦してきた人に私は当たってみようと思います。何か分かるかもしれないから」

鈴木は目をぱちくりとした。

「いやしかし、そういう偉い人にこんな田舎《いなか》の小さなトラブルを……」

「やってみないと分からないでしょう」

鈴木の顔に再び朱が走った。やってしまった、と一瞬、思った。こういう物言いをしてはいけないと、父と母は言っていたのだ。

分かっている。分かっているけれど、この町の人たちは、鈴木を含めてみなスローモーでお人よしで、何が大事かそうでないかが分かっていなさすぎる。

小さな目で自分をねめつけてくる鈴木を、冷たく見返していると、不安が押し寄せてきた。今回の計画は、ここで頓挫《とんざ》してしまうのではないだろうか。

池野が行方不明。肝心の栽培方法も分からないでは、リスクが高すぎる。だが、あきらめてしまうのはあまりにも惜《お》しい。自分の年齢、そして女であることが、これほど悔しかったことはなかった。遠慮をせずにもっと出張るのだった。そうすれば、池野の研究データをさっさと共有することもできたろうに。

「若い人はすぐにかっと来るんですかな。たまらないな」

鈴木が口元に笑みを浮かべながら言った。大人の余裕を見せているつもりのようだった。だが、彼の膝が忙しく揺れているのを見て、彼にはひとかけらの余裕もないことを知った。

池野が姿を現さなければ彼自身も困った立場に追い込まれるはずだ。そういう意味では、鈴木と自分の利害関係は一致しているはずだった。

恭子は体から力を抜いた。そして、鈴木に向かって頭を下げた。

「申し訳ありません。つい、興奮してしまいました」

鈴木が鼻の穴を少し広げた。ぐっと新たな怒りがこみ上げてきたが、虹色しゃものことを思い出してそれをこらえ、再び頭を下げた。

車を走らせているうちに気持ちが落ち着いてきた。

怒っていても問題は解決しない。トラブルは事業につきものだった。善後策を講じればいいだけの話だ。

車は三宅川を渡る橋に差し掛かった。恭子の心が静まったことを読み取ったのか、それまで黙りこくっていた野々宮が助手席から声をかけてきた。

「とりあえず、池野氏不在のまま進めるしかないですね。道庁への根回しは終えてしまいましたから。いまさらプロジェクトを撤回するとは言えませんよ、僕は」

「池野さんを捜し出さないと、どうにもならないんじゃないですか」

「まあなんとかなるでしょう」

恭子は野々宮を横目で見た。鞄を膝に載せ、まっすぐに背を伸ばしている野々宮は、もう微塵も揺らいでいないようだった。

「でも、失敗したらこの町にとって、意味がないです。それどころか、かえってマイナスになります。お金をみんなに出してもらう以上、成功することを前提にしなければ、話を進められません」

「リスクがあるのは当然でしょう。仮に池野氏が見つからなくたって、彼の代わりを誰かが務めればすむはなしだと僕は思いますがね」

「そんなに楽観的には考えられませんけど」

恭子は再び野々宮を盗み見た。彼の口元にはうっすらと微笑みさえ浮かんでいた。

「それは、あなたと私の見解の違いということで。とにかく、後戻りはもうできませんからね。あなたも、池野氏が失踪したことをおおっぴらに言わないようにしてください。瑞垣さんとかにも、黙っていたほうがいい」

恭子は唇を噛んだ。痛かったけれど、さらに噛み締めた。血が出てもかまわないという気分だった。

何か違う気がする。こんなふうにして強引に話を進めても、いいことなんて一つもないように思える。

イイケの自分がそう思っているというのが少し不思議ではあったけれど、でもこのまま突き進んだら、とんでもないことになりそうな気がした。

野々宮に話を持ち込んだこと自体が、間違いだったのだろうか。だが、今、ここでそれを悔やんでも、何の解決にもならない。平常心。そして根性。それさえ持っていれば、キツイコトだってなんとかなる。

本気で池野を捜してみよう。池野さえ見つかれば、問題はないはずだった。もし、彼がなんらかの事情で三宅に戻る気がないとしても、その成分とやらの中身を聞き出しておきたい。そうすれば、鈴木場長があとはなんとかできるのではないか。

三宅駅前のバスターミナルが見えてきた。

「とりあえず私は池野さんを捜します」

野々宮は肩をすくめると、「ご苦労様です」と言った。

美紀の部屋は十年前とほとんど変わっていなかった。六畳の和室だが、ベージュのカーペットが敷き詰められている。グリーンの地に草花がプリントされているカーテンや、薄いオレンジ色のベッドカバーも昔のままだった。

高校生だった当時と比べて増えた家具といえば、ドレッサーぐらいだろうか。白い木製のそれは、通販で売っていそうな代物《しろもの》だった。

「何でもいいのよ。思い出したことを話してほしいだけなの。ししゃものプロジェクトを進めるためには、池野さんがどうしても必要なの」

カーペットに横すわりしていたため、脚がしびれてきた。気持ちもしびれてきた。美紀はさっきからずっと、ベッドに腰をかけて肩を落とし、鼻をぐずぐずとすすっている。

昼間、池野を推薦した人物というのが、帝都大学の吾妻道夫《あづまみちお》という教授だと判明した。調べてみたところ、叙勲まで受けている大物だ。だが、残念ながら半年ほど前に癌《がん》のため死去していた。

池野の借りているアパートの大家と、隣の部屋の住人にも会ってみた。だが、池野について何も知ることはできなかった。

鈴木によると、両親に連絡すらつかないという。履歴書にウソを書いていたということか？　池野という人物は、かなり謎に包まれている。

「大学時代の思い出とか、三宅に来る前に働いていた場所とか……。そういうことを話したことってないの？」

美紀はサイドテーブルに手を伸ばし、ティッシュを一枚ケースから抜き取った。それで目と鼻をぬぐうと、初めて恭子をまともに見た。すがるような目つきだった。

「私だって知りたいと思った。でも、いろいろ聞きはじめたら、彼、なんだか冷たくなって……」

やはり池野はヘンだ。何かが彼にはある。そんな男に振り回され、心を痛めている美紀を見ていると、胸が痛くなってくる。

美紀が苦しんでいる原因を作ったのは自分なのだ。勝手な使命感で二人を結びつけようと考えた。自分と二人で水産試験場を訪問する前まで、美紀は池野と付き合ってはいなかった。近づけてはいけない相手に、自分は美紀を差し出してしまったのかもしれない。

「付き合っている相手が自分のことについて何も教えてくれないと、不安になるよね。両親にだって紹介できないし」

恭子が言うと、美紀の顔が歪んだ。涙が目の端から零《こぼ》れ落ちる。

「そうだよね、やっぱりそう思うよね」

彼女と一緒に怒ろうと思った。池野のことなど、忘れてしまうのが一番だ。そのための手助けをするのが、今の自分にできるただ一つのことだ。

そのとき恭子はふと、あることを思い出した。

「美紀は絶対に悪くない。池野さんの態度がおかしい。これはもう断言できるよ。で、ちょっと思ったんだけど……」

すっかり冷えてしまった紅茶をすすると、恭子は唇を舐めた。そして、美紀の目をまっすぐに見た。

「はっきり言うね。池野さんは、過去に何かまずいことをやったんじゃないかな」

美紀が目を丸くした。

「今のところ、池野さんがいなくなった原因について考えてみたんだけど、もし美紀に全く心当たりがないとすると新聞に写真が掲載されたことぐらいしか私には思いつかないんだよ。写真が掲載されて姿を消したって、なんか嫌なかんじがしない？　まるで犯罪者みたいじゃない。そして、美紀が過去のことを聞くのも、異常に嫌がったわけでしょう？　それってどう考えても変だよ。あの人、絶対過去に後ろ暗いことをしているんだと思う。確かにぱっと見たかんじは素敵な人だったから、好きになっちゃったのはしようがないけど、結婚する前にあいつの正体が判ってよかったよ」

「へんなことを言わないで」

悲鳴のような声を漏らすと、美紀は左手で顔を覆った。右手でもう一枚、ティッシュを抜き取った。

ショックを受けるとは思っていた。でも、こういうことははっきりさせたほうが本人のためだ。

また強引なことをやっているのだろうかという不安が頭をかすめた。だが、恭子はそれを振り払うと、美紀の隣に腰を下ろした。ベッドのスプリングがきしんだ。

「現実を見なよ。しばらくはつらいかもしれないけれど、忘れるのが一番だって。それに、たとえ池野さんが見つかったとしても、何もなかったようにもう一度付き合える？美紀をこんなに心配させて、ひどい人だとしか思えないよ」

美紀はしゃくり上げていた。

ゆっくり考えればいい。一時は、自分のことを冷たいといってうらむかもしれないが、時間がたてば分かってくれるはずだ。

だが、ふと気になった。池野は美紀のことを本当のところどう思っているのだろう。何が原因で姿を消したのかは分からないけれど、わずか二ヶ月ぐらいの付き合いとはいえ、結婚を匂わせるような話までした相手を放っておけるものだろうか。

「ごめん。言い過ぎたかもしれない。まあ、池野さんから連絡があることを祈ってる。そうなるといいね。でも、連絡があったら教えてね。私たちにとっても、池野さんは必要な人だから」

自分はずいぶんと勝手なことを言っている。そう思いながら、恭子は美紀の肩に手を載せた。美紀の体は温かかった。

ハムスターを手のひらで包んでいるときのような気持ちになった。

◆

最新型の携帯電話の広告が目に飛び込んできた。人気絶頂の女優が、上品に微笑んでいる。動く歩道。無機質な壁。敷き詰められたカーペット。

羽田空港の構内はつい三時間ほど前に出た三宅の町とは何もかもが違っていた。三宅に帰ってたった二ヶ月なのに、まるで異なる時代へとタイムスリップしてしまったみたいだ。

同時に心細さを覚えた。大学入学のために東京に出てから、ほぼ十年間を東京で過ごした。東京は第二の故郷と呼んでもよいはずの場所だ。それなのに、今の自分は足元すら定まっていないようだ。おどおどとしながら、案内表示を常に目で探している。

こんなことではいけない。

恭子はカーペットを足でしっかり踏みしめた。

ピンチというものは、予期せぬときに突然やってくる。テニスの試合でもそうだった。

自分のショットが予想外に甘くなってしまったとき。あるいは、相手が信じられないぐらい厳しいコースをついてきたとき。ふいにそれは訪れる。

でもそこでひるんでしまったら、そのまま押し込まれて負けてしまう。踏ん張れば、逆転のチャンスがいずれ巡ってくる。心が折れないように、思考がネガティブな方向へ行かないように、しっかりと意識を保つことが何より大切だ。

モノレールの乗り場はもう目の前にあった。恭子は一泊用のボストンバッグを床に置くと、ショルダーバッグから財布を取り出した。

浜松町《はままつちょう》のビジネスホテルにチェックインして荷物を置くと、恭子はすぐに地下鉄で帝都大学へと向かった。

上京の目的は、池野の行方を捜すこと。そしてもう一つ。日本各地ですすめられている深層水のプロジェクトの現況を確かめることだった。

虹色ししゃもを作るには池野の力が必要だ。そして、深層水の施設を安易に作ってはいけない。その二つのことは、恭子の中では極めて明確に答えが出ている。しかし、それを町の人たちに納得してもらうためには、材料が必要だった。サイクルショップ川崎の娘が何を言っても、まともに取り合ってもらえないだろう。平常時だったら話は違ってくるのかもしれないけれど、町の人たちの心に火がついてしまった現在、自分ごときの言葉で、彼らを押しとどめることはできない。

自分の蒔《ま》いた種と言ってしまえばそれまでだ。焦《あせ》りすぎだったのだろうか。しかし、池野が姿を消したのは少なくとも自分のせいではない。と言ってみても、池野がいないことには話が始まらないのだから、どうしようもなかった。

警察に失踪届けを出したものの、予想通り、大の男が姿を消したことを、大きな問題としては扱ってくれなかった。しかも、池野が無事であることは確かだった。彼はアパートを引き払うという連絡を大家に入れてたのだ。連絡を入れたというと正確ではないかもしれない。彼はアパートを片付けるための費用として、五十万円を大家の銀行口座に振り込んでいた。

そうなると、彼が自らの意思と関係なく事件・事故に巻き込まれたという可能性も低くなるわけで、警察の関心が低いことを責めるわけにもいかなかった。

地下鉄の出口を出ると、大学の正門はすぐそこだった。手帳を開き、これから向かうべき研究室を確認した。水産学部が入っている八号館の九〇二号室。それは、池野を推薦したという大物教授が率いていた研究室だった。現在、研究室のトップは准教授の若水毅《わかみずたけし》という男になっていた。ホームページに掲載されていた写真を見た限り、大学の先生というより、探検家のように見える。少なくとも池野よりは、自分と気が合いそうだ。

若水に会っても、何が分かると決まったわけではない。だが、池野についてほかに手がかりはなかった。とりあえず、若水と話すことで、何かとっかかりを見つけたかった。広い意味で同業者には違いないはずだ。

その証拠に、深層水を用いた養殖について、意見を聞きたいといったら、二つ返事で会ってくれることになった。

エレベーターで九階まで昇ると、目的の研究室はすぐに見つかった。ノックをすると、若水自身がドアを開けてくれた。

「遠いところから大変でしたね」

若水は張りのある声で言うと、日に焼けた顔をほころばせた。

窓を背にしたデスクに座ると、若水は恭子にパイプ椅子を勧めた。デスクをはさんで向かい合うような形になった。デスクには資料と思われる書類の束が乱雑に積み上げられていたが、端っこに写真たてが載っていた。恭子の側から、写真は見えなかったが、賭けてもいい。子供の写真だ。

恭子は早速、深層水を利用した水産業について質問を始めた。いきなり難しい専門用語が飛び出した。人工ユウショウ。確かめてみると「湧昇」と書くという。なんでも海底から海表にむかって人工的に水の流れを作るそうだ。植物プランクトンの名前や硝酸だとかアンモニアだとか言われても、何のことだかさっぱり分からない。

しかし、何も分からないといえる雰囲気ではなかった。まあいい。彼に会いにきた目的は、彼の講釈を聞くことではなく、池野の手がかりを得ることなのだから。

　一通り話を終えると、恭子はさりげなく池野の名を出した。

「実は彼が、我々のプロジェクトのキーパースンなんですが、行方が分からなくなってしまって困っているんです。この研究室を主宰していた吾妻教授の推薦で赴任してきたようなんですが。若水先生は、池野さんについてご存知ありませんか？　池野勇介《ゆうすけ》。この大学を出ているはずです」

「池野さんですか……」

　若水は考え込むように、椅子の背もたれに体を預けると、首を横に振った。

「聞いたことがない名前ですねえ。水産関係の研究室って意外といろんな学部に分かれているんですよ。基礎研究だと理学部になるし、工学部でも一部、こういう分野を手がけている研究室がある。吾妻先生は、顔が広い方でしたから、どなたかに頼まれたんじゃないのかな」

　空振りだったのだろうか、と思ってあきらめかけた。だが、若水が太い指で資料の山をせわしなく触っている様子が気になった。考えすぎかもしれない。でも、疑問点はクリアにしておいたほうがいい。

「水産学部の卒業生名簿のようなものはありませんか？　一応、確認をさせていただきたいのですが」

　若水は一瞬、目を細めた。だが、すぐに白い歯を見せて笑った。

「いいですよ。池野さんという人が、僕の記憶にないだけかもしれませんからね。下の階に資料室があるんですが、そこで名簿をご覧になるといい」

そう言うと若水は内線電話で秘書らしき女性を呼び出した。地味なかんじだが、いかにも育ちがよさそうな四十がらみの女だった。

「僕はこれからちょっと会議があるので、彼女が案内をします。深層水のことで何かあれば、いつでもどうぞ」

資料室に入ると、すぐに秘書が名簿を棚から取ってくれた。昭和三十二年から今年まで、卒業生は数千人に上ると見られる。研究室ごとに、各年次の卒業生が列挙されていた。

まず、巻末の索引で池野の名を探したが、見当たらなかった。やはり、若水の言うとおり、同じ帝都大学でも別の学部に在籍していたのだろうか。そうなると、大学から池野を手繰っていくというのは、不可能かもしれない。

一応、若水の名刺にあった「水産工学研究室」の項を繰ってみた。若水とともに、何人かの人間が同じ年度に卒業していた。それぞれの勤務先は民間企業になっていた。その前後の年代の卒業生も、帝都大学に勤務はしていない。民間企業あるいは私立大学や地方大学の名が記載されている。

こういうことに勝ち負けがあるのかどうかは分からない。だが、吾妻教授の後継者を巡る競争がなかったとは思えない。若水はその勝者ということになるはずだ。

若水の自信にあふれた快活な顔を思い出す。胸の奥に小さなしこりのようなものが生まれた。それが、嫉妬《しっと》だと気付くのに時間はかからなかった。恭子は名簿を開いたまま、唇を噛んだ。

「そろそろよろしいですか？」

のんびりとした秘書の声が背後から聞こえてきた。恭子は顔の筋肉を緩めて笑顔を作った。

「はいっ、お世話になりました」

自分の声が空元気《から》に満ち溢れていることに、少し傷ついた。

鈴木は久しぶりに実験室に足を踏み入れた。薬品の匂いがかすかに漂っていた。かぎ慣れていたはずの匂いなのに、こんなにも気になる。自分が研究の現場から離れてから、ずいぶん長い時間がたったのだ。

「池野さんは、今日も来ないんですか？」

地元出身の若い研究員、小峰《こみね》が顕微鏡から目を離すと鈴木に声をかけてきた。

「まあな。実家のほうがいろいろと大変らしいから。あいつは有休も溜まってるからしばらく出てこないだろう」

小峰がとがめるような目で鈴木を見た。鈴木は彼の視線から逃げるように試料を収納する冷蔵庫に向かった。野々宮と川崎恭子に言われるまでもなく、池野が実験に使った特殊な成分というものを、自分の手で探し出してみるつもりだった。池野が使用していたパソコンもあったが、さすがに他の研究員の前で、それを立ち上げて中身を漁《あさ》るのは控えておいたほうがよさそうだった。

池野の名が記載された段には、試験管立てがいくつか入っていた。きっちりと封をされた試験管が何本も並んでいる。早速、ラベルをチェックし始めた。

そのとき、すぐ背後で声がした。

「もしかして、池野さんは、行方をくらませたのではないですか？」

振り向くと、小峰が小柄な体をまっすぐに立て、自分を見上げていた。色白の顔には、強い決意のようなものが表れていた。

ごまかそうと思って口を開きかけた鈴木を小峰は遮《さえぎ》った。

「無駄ですよ、隠したって。噂は僕らも聞いてますから。それにあの人は、ちょっと変わっているけれど、無責任な人ではないです。虹色しもの話が大変なときに、僕に引継ぎもせずに何日も休むような人だとは思えないんです」

鈴木は冷蔵庫の扉を閉めた。まずいことに、ベテランの研究員も騒動に気付いたようで、二人のそばに寄ってきた。

「池野さんから、だいたいの話は聞いています。あの人が、今回の件に乗り気でなかったことも知っています。それなのに取材だのなんだのって、周囲がはしゃいでいたから、耐えられなくなってしまったのではないですかね」

まだ幼さが残る小峰の顔を、鈴木はまじまじと見た。それが小峰をいっそう勢いづかせてしまったようだ。小峰は他の二人の研究員に同意を求めるように、彼らの顔を見た。

「鈴木さん、本当のところ、どうなんですか」

ベテランの宮田《みやた》が静かな口調で尋ねた。

こんな昼間に研究室になど来るのではなかった。自分の軽率さを悔やんだが遅い。鈴木は精一杯、威厳をつくろおうと胸を張った。だが、言葉は口から出てこなかった。冷や汗が滲《にじ》み出た。

小峰は唇を尖《とが》らせると、肩を大きく動かして息をついた。

「鈴木さん、僕たちをもっと信頼してください。池野さんがいなくたって、なんとかなりますよ。いや、なんとかしてみせます」

他の研究員たちが小峰の言葉に大きくうなずいた。

「だいたいのところは、私たちだって把握していますから。失敗が許されないってことも理解しています」

鈴木は胸をつかれる思いだった。野々宮の顔が頭の中をよぎったが、それを振り払った。顔が赤らむのを感じた。

考えてみれば、これはこの試験場の問題だった。野々宮という若造やサイクルショップ川崎の娘に遠慮ばかりしていた自分が、ひどく器《うつわ》の小さい人間のように思えてきた。決まり悪さをぬぐい落とすように、鈴木は咳払いをした。

「一つ、頼む。池野の研究の続きをやってくれないか。あいつの作った実験手順で分からないところがあるんだが……」

鈴木は頭を下げた。

「やっぱり池野さんは、いなくなったっていうことですか」

小峰が尋ねた。

「まあ平たく言えばそういうことだ」

鈴木が覚悟を決めて打ち明けると、宮田が表情を曇らせた。

「金か女か……。そんなところだべ」

小峰が宮田をにらむ。

「まさか。そういう人ではないです。僕が一番よく知っています。たまに一緒に昼飯を食べていましたが、仕事の話しかしない堅物《かたぶつ》なんですから」

「だからそういうヤツのほうが、危ないんだわ。ほれ、昔も漁協でいたっしょ、愛妻家として有名だった……」

「それは関係ないです」

激しい口調で小峰は宮田を遮ると、若者らしい一途な視線で鈴木を見た。

「いなくなった理由はどうでもいい。我々がこれからやるべきことを考えましょう。たとえ池野さんがこのまま戻ってこなかったとしても、僕らの手で虹色ししゃもを完成させればいい。僕たちの町のことだから」

宮田は少し考えるようなそぶりをしたが、深くうなずいた。

「確かに小峰の言うとおりだわ。池野はよそ者だものなあ。虹色ししゃもについては、我々に手出しはさせないって雰囲気があったけど、それは考えてみればヘンな話だわ。場長、やるしかないっしょ、ここは」

鈴木の胸に熱いものがこみ上げてきた。

「よし。それじゃあ、小峰君は池野のパソコンを調べてみてくれ。プライバシーなんてかまうものか。パソコンはこの試験場の備品だし、実験のデータだって、我々みなのものだ。他のものは、冷蔵庫や冷凍庫に保管されている試料を調べてみてくれ」

「はいっ」

その場にいた全員の声がそろった。

「じゃあ、僕は早速パソコンのほうを」

小峰が池野のデスクに歩み寄ると、パソコンを立ち上げた。幸い、パスワードは設定されていなかった。小峰がファイルを一つ一つ開いていく。

その間に鈴木はデスクに並べられているノートをめくった。最近、大学などによるデータ捏造《ねつぞう》事件が相次いでおり、生データはパソコンではなくノートに記載するようにうるさく言っていた。池野はそれを忠実に守っているようで、几帳面な字で実験結果がまとめられていた。

四冊目のノートを開いたとき、鈴木は思わず小さな声をもらした。それは虹色しゃもの実験に関するものだった。使用した試料が列挙されている。ただ、添加したという成分Aの正体がなんであるのかは、読み取れなかった。

「成分Aっていうことまでは分かるんですが、それが何かはちょっと出ていないですね」

パソコンの画面に視線を当てながら、小峰も言う。

「うむ」

何か特殊な試薬だろうか。だとすると、試薬購買記録をチェックしてみたほうがいいかもしれない。総務に伝票類がまとめて保管されているはずだ。

そのとき、冷蔵庫を調べていた研究員が声を上げた。

「場長、ありました。Aってラベルに書かれたフラスコが冷凍庫から見つかりました」

どよめきが広がった。鈴木も安堵していた。

フラスコの中身はカチカチに凍っていて、定かではなかった。

「とりあえず、少量をクロマトグラフィーで分析してみてくれ」

内容を記載したデータが見つかれば、そんな手間は必要ないが、見つからないのだから分析するのが、早道のように思えた。

「これでなんとかなりそうですね」

ほっとしたように言う小峰に向かって鈴木はうなずいた。そして、早速、野々宮に電話を入れておこうと思った。

このぐらいのことは、自分たちにだってできるのだ。考えてみれば、野々宮なんて木《こ》っ端《ぱ》役人じゃないか。現場を舐めるなよ。

「それでは、よろしく頼む。私は電話をかけてくる」

鈴木の声に、研究員たちが口々にこたえる。頼もしいやつらだ。場長という地位は、案外心地よいものだ。くすぐったい気分ではあるが、悪くないと鈴木は思った。

部屋に戻る前に総務に寄ってお茶ッ葉をもらってこようと思い、鈴木は階下へ降りた。

受付のカウンターの前に、薄いベージュ色のスーツを着た女がいて、受付の女性職員と何か話していた。このへんで見かけない顔だった。垢抜けた服装から考えても、地元の人間ではないようだ。セールス員か何かだろうか。最近、コーヒー豆や浄水器などのセールスが来て困っている、と聞いたことがあった。こんな田舎にまでセールスに来るとはご苦労なことだが、そんなものを導入する費用などあるはずがない。入口にセールスお断りという張り紙でも出したほうがいいかもしれない。

係員にお茶ッ葉を一袋もらって階段を上ろうとしたとき、受付の娘が部屋から出てきた。財布を握り締めているところを見ると、自動販売機のジュースでも買いに行くようだ。

鈴木は彼女を呼び止めた。

「さっき、女の人が来ていたけれど、セールスか何か？」

受付の娘は、化粧けのない顔を少し傾けると、首を横に振った。

「池野さんに面会だったんです。長期休暇をとっていると説明したら帰っていきました」

「なんだって！」

鈴木はお茶の入った袋を取り落としそうになった。すぐに気を取り直し、玄関から表に走り出た。だが、ベージュのスーツを着た女の姿は見当たらなかった。そのまま国道まで出たが、歩いている人などいなかった。最寄のバス停まで二十五分近くかかるこの場所へ、公共交通機関を利用してくる人間などほとんどいない。おそらく彼女も車で来たのだろう。

さっき、あの場で受付に声をかけておかなかったことを悔やみながら、建物に引き返した。玄関では、おびえたような表情を浮かべて、受付嬢が財布を胸の前で抱いていた。

「あの……私、何かまずいことをしたでしょうか」

池野の長期休暇の理由や細かい事情を彼女が知っているわけではない。彼女を責めるわけにはいかなかった。

「いや、それはいいんだが、あのお客さんは名乗ったか？　あと、どんなことを言っていた？　正確に思い出してほしいんだわ」

受付嬢の眉が八の字に下がった。今にも泣き出しそうだ。高校を出たばかりの何も分からない小娘とはいえ、鈴木はいらだった。だが、それを表に出せば、逆効果であることは明白だった。

「いや、怒っているわけではないんだよ。思い出してくれないか」

娘や妻にもこんな猫なで声を出したことはない。ようやく娘が口を開いた。

「名前は言っていませんでした。ただ、池野さんを訪ねてきたとだけ……。訪問があったことを本人に伝えましょうかと言ったんですが、断られました。それで、池野さんの住所とか電話番号を聞かれたんです」

鈴木は唾を飲み込んだ。池野の親戚か。あるいは、恋人か。だが、それならば住所や電話番号を尋ねるはずがなかった。

娘はそこではじめて胸を張った。

「そこで私、胡散《うさん》臭いと思ったんです。この間、総務部長さんから、職員の個人情報の取り扱いには絶対的に注意を払えという指示をいただきました。だから、私、お引き取りくださいって強く言ってやったんです」

「そうか……。総務部長の言うとおりにね」

鈴木はため息をつかないように気をつけながら、「ご苦労様」と娘に言うと、階段を上り始めた。いつの間にか、お茶の袋を強く握り締めていた。葉がつぶれて粉茶になっているかもしれない。

池野を訪ねてきた女がいたことを誰かに言うべきだろうか。

だが、それはあまり得策ではないように思えた。何か情報が得られたのならともかく、何も分からなかったも同然だし、池野の行方になんらかの手がかりが得られたわけでもない。

それに、池野がいなくても問題はないと、さっき皆で確認しあったばかりではないか。気持ちの盛り上がりに水を差すようなことはしないほうがいい。

いつの間にか、自分の部屋の前に立っていた。

そうだ。電話だ。野々宮に電話を入れなければ。

鈴木は気を取り直すと、扉を押した。

赤坂にあるその中華料理屋は、北京ダックが看板メニューだった。いったいいくらするのだ？　と気になったが、上座に座っている経済産業省の課長補佐、山村弘子《やまむらひろこ》は平然と、紹興酒《しょうこう》をボトルで頼んではどうかと提案した。

「やっぱり中華料理には紹興酒だと思うんですよ。古酒が私、大好きなんです」

恭子は、化粧けのない顔をほころばせながらそう言う彼女に向かって愛想笑いをしながら、横目で隣に座っている五菱商事経営企画室の赤松日出男《あかまつひでお》の様子を窺った。彼は平然とメニューを眺めていたが、さりげなく手を挙げるとウェイターを呼び、二十年ものの紹興酒をボトルでもってくるようにと指示した。

たいした大盤振る舞いだ。五菱商事でも、部署によって接待に使える費用はそんなに違うものだろうか。

まさか、この自分に支払いを持たせる気ではないだろうな。ヒヤッとしたが、この期に及んで心配してもしかたなかった。いざとなったらカードで自腹を切ればいいか。恭子は膝にナプキンを広げると、運ばれてきた前菜を山村弘子と赤松の皿に取り分けてやった。もちろん、自分の皿にも遠慮なくたっぷりと盛る。自腹なら、せめて食事を楽しまなければ。そういえば、この手の食事をするのはずいぶん久しぶりのことだ。

赤松は以前いた部署で、山村弘子に世話になったことがあるという。そして山村弘子はこの春まで経産省傘下のシンクタンクで、海洋深層水ビジネスと町おこしについて、調査研究をしていた人物だった。

旺盛な食欲でくらげの酢の物を平らげながら、山村は赤松と昔語りを始めた。一緒に出張で行った石川県の地酒のうまさについて語り始めた。青い輝き、と書いて「せいき」と読む酒だそうで、山村によると、田舎の小さな造り酒屋の製品とは思えないほど繊細で複雑な味わいがするそうな。

にこやかな笑顔を浮かべながら相槌を打っていると、赤松が心得顔で海洋深層水に話題をふってくれた。

さすがにソツがない。同期の出世頭と言われるだけのことはある。

「まあ、深層水っていうのは、一時期のブームってかんじが私はしますね。確かに、化粧品で結構、売れているものもあります。でも、市場はタカが知れているし」

海老チリに入っているトウガラシをほおばりながら、山村が言った。まさか、トウガラシまで食べるとは思わなかった。案の定、辛かったようで、山村は紹興酒をぐびりと飲んだ。いつの間にか、ボトルがほとんど空になっている。それを目ざとく発見した赤松が、ウェイターに向かって手を挙げた。恭子は、腰を据えて自分の情報収集にかかることにした。

「やっぱり、いまさら遅いってかんじでしょうか」

「率直に言うと、私はお勧めしない。でも、全くダメってわけでもないとは思うわよ」

「どういうことですか？」

「水を取ってきてそれで商品を作るっていうのは、先行事例があまりにも多いから、いまさら感が大きいの。でもね、人工湧昇みたいな話をセットにすれば、違ってくるわ」

「人工湧昇、ですか」

　そういえば、若水が同じようなことを言っていた。話が難しすぎてあまりまともに聞いていなかったけれど。

「深層水をくみ上げて、表層に散布するのよ。深層水に含まれるミネラル分なんかが、表層に持ち上げられると、植物プランクトンが生育しやすくなるの。海が肥《こ》えるってわけよ。まあ、こういう話になると、水産庁さんの問題ってことになるから、私はあまり深入りする気はなかったんだけど、アイデアとして悪くないと思ったわ」

「なるほど。それは面白いかもしれませんね」

　赤松が即座に言った。

「日本近海の漁業って最近、あまり調子がよくないですからね。でも、そんな施設を作るとなると、かなりのコストがかかるんじゃないですか?」

「まあねえ。でも、いくつか試みはあるみたいよ。石川県沖とか。まだ建設が始まったばかりみたいだけど、私も一度、視察に行ったわ」

　なんだか夢のような話だが、そこまで大掛かりなことは、三宅には不可能だと思った。それに、三宅の場合、漁場を作るというより、町おこしがメインテーマなのだ。話を元に戻さなければ。

「今から化粧品や食品に参入しても、勝ち目はなさそうでしょうか」

「私だったらやめておくわね。あなたたちが考えている虹色ししゃもっていうのは、悪くないと思う。ブランドイメージで売れるんじゃないかしら。でも、そのほかのものにまで手を出すと痛い目にあうわね。まあ、税金をふんだくってやろうって腹なら、そっちの懐は痛まないかもしれないけれど、先行ケースが多いから、そう簡単ではないと思うわよ」

山村の意見ははっきりしていた。やっぱり、深層水ビジネスに手を出すのは危険だ。戻ったら早速、専門家の意見として、町の人たちに伝えよう。ここはきっぱりとダメ出しをするべきだ。

この食事にいくらかかるのか分からない。でも、お金をかけただけの収穫はあったと考えよう。ダメと分かる、ということだって立派な収穫だ。

そのとき、銀色に光るカートに載って北京ダックがやってきた。山村が歓声を上げた。悪い人ではなさそうだ。

白い制服に身を包んだ調理人があめ色に光る皮にナイフを入れる。もうかなり満腹しているはずなのに、口の中に唾がわいてきた。

ここは一つ、盛大に食べますか。

恭子はテーブルクロスの下でさりげなくベルトを緩めた。

そのときふと、池野のことを思い出した。経済産業省の役人と研究者に接点があるとは思わないが、深層水という共通のキーワードはある。

「ところで、虹色ししゃもを開発した人は池野勇介って言うんですが、山村さんはご存知ありませんか？」

山村は器用な手つきであめ色の皮を餅で巻き込みながら首を横に振った。

「さあ。私、人の名前は滅多に忘れないんだけど、聞いたことがないわね」

「そうですか」

まあ、そんなに都合よくことが運ぶわけがないよな。

山村が口元を動かしながら、二枚目の餅に手を伸ばした。恭子は慌てて自分の皿に載せられている餅でアヒルの皮を巻いた。急いでいたせいか、葱《ねぎ》をうまく収納できず、弁当箱の中でひしゃいでしまった春巻きみたいな形になってしまった。

役所に戻るという山村をタクシーで送り出すと、赤松が大きく伸びをした。

「よかったのかな、これで。なんかまずい気が……。後で役所に何か送ったほうがいいよね」

山村が会計を割り勘にするといってきかなかったのだ。めいめいが一万円ずつを支払った。結果的に、赤松にも自腹を切らしてしまうことになった。

「気にするなよ、そんなこと。あの人は、そんな小さいことにこだわるような人じゃない。独身だし、金にそこそこ余裕があるから、うまいものを誰かと食えればそれでいいって考えなんじゃないの？」

「赤松君にもお金を出させちゃったし」

赤松は眉を少し寄せた。道を行きかう車のライトがまぶしかったのかもしれない。

「そんなこと……。川崎、なんか弱気になってるな。まあ、田舎のことだから、難しいことがいろいろあるんだろうけど。なんかさ、あまり笑わなくなったよね」

「そりゃあ、今日は同期会とは違うんだから。私だって、真面目な顔をしてるよ」

「いや、そういうわけじゃなくてさ。なんか、体も一回り小さくなったような気がする」

赤松はそう言うと、唇を舐め、探るように恭子を見た。

「こっちに出てくることはもうないのか？　職を探すんだったら、知り合いにも声をかけてみるけど。俺の大学の先輩で、外資系で働いてる人がいるんだ。外資系なら女性の中途採用でもそんなに難しくはないだろうから」

心配してくれているのだ。ありがたかった。虹色ししゃもに出会う前だったら、父が倒れていなかったら、赤松の話に飛びついていたかもしれない。でも、今の自分に選択肢はなかった。

そして恭子は思い出した。赤松はビジネスライクな合理主義者だけど、案外優しいところがある。少し心ひかれた時もあったけれど、彼の方は同僚として以上に自分をみてくれることはなかった。でもやっぱりこの人はいい人だ。

助けの手を差し伸べてもらったことで、逆に気持ちが吹っ切れた。恭子は笑った。愛想笑いや作り笑いではなかった。空元気かもしれない。でも、こうなったら、頑張るしかないじゃないか。

「ありがとう。何かの時にはお願いするかもしれない」

赤松が目じりに皺を寄せて笑った。

「今の顔は川崎らしかった」

「ははっ、そうかな。それより、この後、ヒマある？　同期のヤツを呼び出して飲み直そうよ。広報の三井《みつい》君とか」

「そりゃいいな。さっきは自腹だったから、今度は伝票切っちゃおう。山村女史と飲んだことにして」

「やるねえ。さすが出世する人は」

恭子は、晴れ晴れとした気分で、赤松の背中をどやしつけた。赤松がタクシーを探すように、歩道から道路に身を乗り出した。

そのとき、恭子の携帯電話が鳴った。小さな液晶画面の表示を見ると、和夫からだった。こんな時間に彼が連絡をよこすのは、初めてだった。

赤松がタクシーを止め、後部座席に乗り込みながら恭子の名を呼んだ。電話が切れた。

後で店からかけ直せばよいだろう。

恭子は赤松に続いてタクシーに乗り込んだ。


瑞垣和夫は携帯電話を座布団の上に投げ出した。

薄いブルーにキキョウの柄《がら》が刺繍された座布団カバーが、蛍光灯の光の下で、ひどくみすぼらしく見えた。夫婦二人で使っている六畳間の寝室には、新婚らしさのかけらもなかった。生々しい生活感がすでに染み付いている。

さっきから何度も恭子を呼び出しているのに、電話がつながらない。電源を切っているか、地下に入っているか。どちらかは分からないが、どちらにしても腹立たしい。彼女が東京に行っていることは、サイクルショップに電話をして初めて知った。ししゃもの件で出かけたという。そんな話は一言も聞いていない。いったい何様だと思っているのだ。

野々宮と連絡を取り合って動いているのかもしれない。だが、この町のことではないか。自分をないがしろにするのは、納得がいかなかった。あるいはししゃもの件というのはウソではないか？　就職活動か。それとも男にでも会いに行ったか。

和夫は煙草の灰をアルミの灰皿に落とした。年季の入ったもので、ところどころがへこんでいる。すぐ隣にある携帯電話を見て、苦々しい思いがいっそう募った。この小さな電気器具の向こう側に恭子がいる。二度だけ行ったことがある東京の街を、和夫は思い浮かべた。人間が住むところではないと思った。うるさすぎる。人が多すぎる。そして、薄汚い。

結局、恭子はあちら側の人間ではないか。三宅の町を活性化したいという気持ちに嘘はないと思ったから協力することにした。一緒にやっていけると思っていた。だが、恭子は自分のことを金集めの歩兵ぐらいにしか見ていなかったのではないだろうか。

その考えは、和夫を惨《みじ》めな気分にした。

「お風呂を早くすませてほしいんだわ」

ふすまが開き、妻の理江が顔をのぞかせた。洗い髪をタオルで包み、湯上がりのほんのり上気した高校生のような頬を見ると、少し気分が和らいだ。これが三宅の人間の顔だ。

「分かった。すぐ入る」

腰を上げたとき、携帯電話が鳴った。恭子がかけ直してきたらしい。和夫は電話を手に取ったが、通話ボタンを押しはしなかった。

三宅のことは、三宅の人間が決めればいい。

5章　白紙

商工会の会議室に、重苦しい空気が流れた。川崎恭子はもう一度、集まっている面々を見回した。野々宮、鈴木、和夫、そして信寿司の進藤と旅館の女将《おかみ》、粟野安江に集まってもらった。彼らが虹色ししゃもプロジェクトの幹事会メンバーだ。

わざともう一度、ため息をついた。

「だから、市場性がない、と言っているんです、専門家が。虹色ししゃもは、ブランド価値が認められるからよいけれど、その他の周辺ビジネスにいまさら参入しても遅いんです」

進藤が眉毛を八の字に下げて唇をゆがめた。

「いまさらそんなことを言っても。化粧品だとか、豆腐だとか、酒だとかいろいろなアイデアを皆さん、出してくれたのに。ここにきて、中止だなんて言えないべ」

「中止ではないです。ししゃもについては引き続き、進めて行くんですから。もともと、周辺ビジネスについては、明確なゴーサインを出していたわけではないでしょう？」

「そんな話があるもんか。野々宮さんが動いてくれるという話だったから、みんなそれなりに動いたわけでしょ。私だってそうだし。町と共同で公共入浴施設を作る計画だって進んでいるし、そのために裏の山を売る算段だってしていたんだわ。それをいきなり白紙に戻しましょうといわれて、はいそうですかとは言えないわ。若い嫁さん連中だって、ジャムを作る講習会を開いて勉強してるっしょ。恭子ちゃん、あんたすべてが無駄だって言いたいのかい？」

粟野安江が憮然とした表情で、はき捨てるように言った。それを引き取るように、腕組みをして聞いていた野々宮が口を開いた。

「川崎さん、そんなに否定的にものごとを考えないでくださいよ。それに、すでに道庁に根回しは進めているんです。心配するほどのことはないですよ」

またもや楽観論だ。どうしても納得いかなかった。このメンバーの中で、世の中の動き、市場というものを一番理解していると思われる野々宮が、なぜ、そんなに簡単に言うのだろう。

「野々宮さんが、そう言ってくれるならねえ。私らも安心だわ。お役人さんの言うことのほうを私は信じるわ」

粟野安江が、口元に皮肉っぽい笑いを浮かべながら恭子を見た。

「ええ。僕に任せてください。予算、分捕ってきますよ」

野々宮が胸を張る。それを見ていると、我慢ができなくなった。恭子は腹を決めた。

「だけど、虹色しゃもだって、どうなるか分からないんです。これまで皆さんには、黙っていたけれど、開発者の池野さんが姿を消してしまったんです。虹色しゃもができなければ、深層水のビジネスなんて、成り立ちっこないんです。野々宮さん、皆さんをあおるのはやめてください。最悪の場合、プロジェクト全体の中止を考えることも、私は必要だと思っています。今ならまだ集めたお金はほとんど使っていないので、影響は最小限に抑えられます」

一気に言った。心臓がドキドキしていた。でも、かくしておけることではないと思った。ここで歯止めをかけておかなければ、話がどんどん進んでしまう。

野々宮は、いかにも不愉快だというような目つきで恭子を見ると、ワイシャツの襟元を直しながら、唇をゆがめた。なるべく彼のほうを見ないことにする。

進藤は目をぱちくりさせていたかと思うと、眉を寄せた。

「実はママチャリレースの練習をしていたときから不思議に思ってたんさ。こんなところにわざわざ来るなんて、妙だべ。借金でもあるんでないかい？」

それまで愕然《がくぜん》としたようにテーブルの端をつかんでいた粟野安江が、彼の言葉で生気を取り戻した。

「いや、女だべ。ああいう真面目そうなタイプは、妙な女に引っかかるもんなんだわ」

「なるほどねえ」と進藤がすかさずうなずいた。「さすが女将は鋭い。実際、池野さんの話はこのへんではあまり聞かないから、釧路のあたりにでも行っていたんだろうか」

恭子はいらいらとした。だが、なるべく落ち着いた声を出すようにした。

「それでししゃものプロジェクトのことなんですが、ちょっとスローダウンをしたほうがよくないでしょうか」

そう言いながら、恭子はメンバーの顔をもう一度、眺め回した。鈴木が手を挙げた。異論があるようだ。だが、その隣に座っている和夫が蒼白な顔をしているのに気がついた。体が震えているようだ。鈴木の発言より、和夫のことのほうが気になった。

「和夫ちゃん、何か意見あるの？」

声をかけると、和夫ははっと我に返ったように顔を上げた。だが、目が泳いでいた。

「どうしたんですか？」

野々宮も尋ねる。他のメンバーの視線も和夫に集まった。和夫は湯飲みを取り上げたが、その腕は震えていた。喉仏が大きく動く。自分を落ち着かせるように、肩で息をすると、和夫は搾《しぼ》り出すような声で言った。

「深層水を確保するために、前金として三百万円を今朝、払い込んだ」

恭子は自分の血が一瞬、止まってしまったような感覚を覚えた。資金の管理は、和夫に任せていた。でも、使う際には自分に一言あるものだと思っていた。

「前金って？　それ、どういうこと？　なんで勝手なことをするわけ？」

つい、詰問口調になった。和夫はチラッと上目遣いで恭子を見た。その表情は、恭子をぞっとさせた。自分を責めているのだとすぐに分かったからだ。

「相談しようと思ったさ。でも、電話はつながらないし、先方は急いでいるみたいだったし、引き合いが他からもあるとかで。実験をするとなると、水を確保する必要があるべさ。手を打っておかないとと思ったんだ。池野さんがいなくなったことなんて、知らされていなかったし」

恭子は唇を噛んだ。三百万円。最悪の場合、戻ってこないということだろうか。契約書を詳しく見てみないと分からないけれど、その可能性は高そうだった。

どうしてそんなことを、と喉元まででかかった。だが、息を詰めて成り行きを見守っている進藤の顔を見ると、今、この場で和夫を責めたら、事態はいっそう悪くなるような気がした。

そのとき、鈴木がおもむろに口を開いた。

「大丈夫ですよ。池野がいないことは、問題ないです。栽培方法については、今、うちの優秀な所員たちが、最終的なツメをしていますから」

どういうことだろうか。この間の話では、特殊な成分が何なのか分からないから、池野がいなければ難しいということだったはずだ。池野がいなくても、問題はないということは、その成分とやらが判明したのだろうか。

野々宮の顔を見て、そういうことだと納得した。彼は悠然と腕を組み、うなずいていた。

腹の中で、かっと怒りが燃え上がった。知らされていなかったのは自分ばかりということか。しかし、野々宮の発案とはいえ池野の失踪を和夫らに隠していた自分に、二人を責める資格はないかもしれない。

「池野が残していった成分Aのサンプルが見つかりました。これを分析すれば、だいたいのことは分かります。そこは、我々に任せてください。責任を持って、やりますんで。何せ、わが町のことですからね」

鈴木が小鼻を膨らませて、野々宮をちらっと見た。だが、野々宮はなんの反応も返さなかった。

「というわけで、問題はありませんね。こんな会合をわざわざ開くまでもなかったんじゃないかな」

野々宮が言うと、粟野安江が太った体をテーブルに乗り出した。

「じゃあ、引き続き準備を進めるということでよいかね」

「もちろん。成否は町の皆さんの努力にかかっていますからね。よろしくお願いしますよ」

あくまで朗らかに言うと、野々宮は席を立った。

皆が引き上げた後、恭子は和夫を誘って、商工会の中にある準備室に入った。

「和夫ちゃん、先走りすぎだよ。お金のことは慎重にやらないと危ないと思う」

和夫はソファに座ろうともしなかった。うな垂れてはいるが、気持ちまでは折れていないようで、だらりと下げられた両手の拳はきつく握り締められていた。

「とにかく、野々宮さんが、これ以上、町の人をあおるようなことをするのは、やめさせようよ。堅実にいこうよ。それが事業を成功させる秘訣だって」

和夫が顔を上げた。口元はまっすぐに引き結ばれていた。なんでも頼めば嫌とは言わない昔の彼の姿は、そこにはなかった。

「で、恭子はまた俺を使い走りにするってわけか？　それはゴメンこうむる」

とっさの反撃に、恭子はしばらく、反応すらできなかった。和夫がそんなふうに自分のことをみているなんて考えたこともなかった。

「使い走りだなんて……」

自分の声が震えているのに気付き、恭子は背筋を伸ばした。だが、衝撃は容易には薄れてくれなかった。

「昨日の夜、相談しようと思った。でも恭子は電話に出なかった。東京に行くなんていう話は聞いていなかった。三宅のことは三宅の人間が考える。俺が言いたいのはそれだけだ」

和夫は硬い声でそういうと、くるりと背中を向けた。ドアを出て行く後姿が、まるで別人のように見えた。


家に戻ると鉄三が着替えて店に出ていた。指に唾をつけ、伝票をめくっている。

「お父さん、大丈夫なの？」

鉄三は目を上げると、ゆったりと笑った。

「まあ、伝票ぐらいは、な。それより、例のししゃものほうは大丈夫なのか？」

恭子の喉もとに、ぐっと熱いものがこみ上げた。

大丈夫なんかじゃない。もうがたがただ。みんなの気持ちがそろっていない。そして、思ってもいなかった方向に事態が進んでいる。

そんなことをすべてぶちまけてしまいたかった。だが、父に余計な心配をさせるわけにはいかなかった。

「問題なし、だよ。まあいろんな意見があるから、難しいこともあるけど、大丈夫だから」

小さくガッツポーズをしてみせた。

鉄三が目をわずかに細めた。自分の態度に、不審を抱かせるような何かがあったのだろうか。一抹の不安が胸をよぎったが、深く考えるのはやめることにした。

「お父さんが店に出ているんだったら、せっかくだから、私の手際を見てもらおうかな。昨日の朝、タイヤの交換を頼まれていたんだよね。それ、やってみるわ」

鞄を奥への上がり口に置き、壁際に置いてあった古い自転車に手をかけた。よくもこんなおんぼろに乗る気になるものだ、と思えるような代物で、ボディーに触るとざらりとしたさびの感触が手に広がった。

「昨日お預かりしたものを今ごろか！　だらしない」

突然、鉄三の怒号がふってきた。思わず、ボディーを持ち上げていた手の力が抜けた。鈍い音を立て、自転車が床に横倒しになった。その拍子にハンドルの部分がしたたかに恭子のわき腹を打った。

「痛っ……。いきなり大きな声を出さないでよ」

鉄三は顔を真っ赤にして立ち上がっていた。興奮している。血管によくない。だが、鉄三は恭子の気も知らずに、つかつかと近寄ってくると、自転車をひょいと起こし、恭子の肩を押した。

「話にならん。お客さんに二度、足を運ばせるなんて、どういう了見なんだ」

そう言うと、鉄三はさびの浮いたハンドルを優しげな手つきで撫でた。

「こんなになるまで、使い込んでいる自転車なんだ。愛着ってもんがあるだろう。それを分からないやつに、この商売をやらせるわけにはいかない」

「お父さん！」

「やっぱり店は閉めるぞ。母さんにも後で言っておく」

鉄三はそう言うと、ボロ布にさび取りスプレーを吹き付けた。

またその話か。苦々しい思いが、恭子の胸にこみ上げた。確かに自分の態度はまずかったかもしれない。でも、こっちにだって事情と言うものがあるのに。

誰も彼も皆、自分にたてついてくる。そんな気がした。こういうときは、誰かに話を聞いてもらうのが一番だ。愚痴《ぐち》を思い切りぶちまけたい。

美紀の顔が浮かんだ。そして、恭子はいっそう惨めな気持ちになった。

池野が姿を消して一番落ち込んでいる彼女を、自分はほったらかしにしてしまった。それなのに自分だけ愚痴を聞いてもらいたいなんて、やっぱり傲慢《ごうまん》だ。かといって、ほかに今の気持ちを分かってくれそうな人を思い描くこともできなかった。

赤松ら昔の同僚は、気持ちのいい人たちだ。でも、三宅のことなんか彼らには分からない。ビジネスとして何が正しいのかはすぐに答えを出すことができても、田舎の人間の気持ちまでは分からない人たちだ。

だが、和夫は自分のことを、赤松らと同じ人間だと思っている。だからこそ、裏切りにしか思えないことをやってのけた。

子供の頃に読んだ漫画のことが頭に浮かんだ。インディアンと白人の間の混血の少年の話だった。白人からは、「お前はインディアンだ」と言われ、インディアンからは「お前は仲間ではない」と言われる。

まるで、今の自分と同じだ。

インディアンの少年の心を救ったのは、心優しい一人の少女だった。少女の顔が美紀のそれとダブって見えた。

上がり口に置いてあった鞄をつかんだ。美紀の店に行こうと思った。勝手かもしれない。でも、今の自分には彼女が必要だった。

「車、借りるから」

鉄三に声をかけたが、返事はなかった。ハンドルを磨くかすかな音だけが、響いていた。

・

「池野さんを三宅水産試験場に紹介した人がいた研究室に行ってみたんだけどね」

カウンターでコーヒーを飲みながら、恭子は美紀に話しかけた。ししゃもの開発に必要だったから、彼を捜しに行った。それなのに、まるで美紀のために行ったように話している自分が、ずるい人間のように思えた。

だが、美紀はすぐに話に乗ってきた。まるで餌に飛びつく魚のように。

「で、どうだったの？」

期待よりも不安が濃いまなざしだった。

「結論から言うと、よく分からなかったんだけど。でも、帝都大学をもうちょっと当たってみようかと思ってる。心配だよね」

美紀が考え込むようにうつむいた。そして、すぐに気持ちを吹っ切るようにぎこちない笑みを浮かべた。

「池野さんがいなくなって、ししゃものほうも大変なんだよね。恭子も立場上、辛いね」

思いがけない言葉だった。不覚にも目頭が熱くなった。こういう言葉を自分は誰かからかけてもらいたかったのだ。

「うん。でも、試験場の人たちが、頑張ってくれているから、それに期待しようと思うんだ」

「大丈夫なの？」

「分からないけど、なんとかなるかもしれないとは思ってる。鈴木場長っていう人がやる気になっていてさ。期待してもいいんじゃないかと思う」

「そうなんだ……。池野さんがいないと難しいのかと思っていたんだけど、そうでもないもんだね」

「うん。心配かけてごめん。でも、美紀にとっては、そんなことより池野さんを見つけることが大事だよね。私も引き続き、捜してみるし。美紀も何か連絡があったら教えてね」

「もちろん」

美紀は即座にうなずいた。

やっぱり、親友だ。美紀の気持ちも大分、落ち着いたのかもしれない。池野が姿を消してから一週間以上が経つ。自分にとっても、美紀にとっても、池野はいなくてはならない人物だった。二人の間にあった感情のしこりは、彼を捜すという共通の目的ができたことで、一気になくなったようだ。百人力を得たような気分になる。さっきまで、落ち込んでいたのが嘘みたいに、活力がわいてきた。とたんに空腹を覚え、恭子はピザトーストを注文することにした。

冷蔵庫から切った野菜やチーズを取り出しながら、美紀が遠くを見るような目つきをした。

「そういえば、恭子が戻ってから、一度みんなで集まればよかったねえ。私もしばらく会っていない人が多いし」

「夏にでも同窓会をやろうよ。お盆でみんなが戻ってくるときにでも」

「そうだねえ」

手際よくチーズをパンに並べながら、美紀が微笑んだ。

◆

朝、出勤する前にジョンと名づけた柴犬を散歩させるのが、鈴木の日課だった。ジョンなどという英米風の名前は鈴木の趣味ではなかった。せっかく譲ってもらった和犬なのだから、タローとかケンタとかがいいと言い張ったのだが、今年高校二年になる娘の有里《ゆり》がジョンがいいといって譲らなかった。

ジョンは耳をぴんとたて首筋をまっすぐ伸ばして歩いていく。引き綱を引っ張る力は、強かった。

三宅川沿いを早足で歩き、うっすらと汗をかいて自宅に戻った。門を閉めジョンの綱をはずしてやりながら、鈴木は首をかしげた。いつもはこの時間までに、妻の房江《ふさえ》がプラスチックの皿に餌《えさ》と水を用意している。ジョンも不満そうに、皿の周りをかぎまわっていた。

「おい、ジョンの飯を出してやれよ」

縁側に座って家の中に声をかけると、房江がエプロンで手を拭きながら顔を出した。

「お父さん、試験場の小峰さんって方から電話があったわ。至急、試験場に連絡がほしいって」

「小峰が？」

若い小峰が直接、自宅に電話をかけてくることなど、これまでなかった。鈴木ははっとした。もしかして、池野が戻ってきたのではないか。

試料の分析は、予想外に手間がかかっていた。任せてくれと一週間前の幹事会で大見栄を切ったのに、まだ問題解決の糸口すら見えない。池野に対して腹立たしい思いはあったが、戻ってきたとすると、ありがたい。

スニーカーをその場で脱ぎ、電話に向かった。朝の連続テレビ小説のテーマソングが耳障《ざわ》りだったので、房江にテレビを切るように言った。毎朝、それを欠かさず見ている房江は不満そうではあったが、鈴木の指示に従った。

代表番号に電話をすると、小峰が即座に電話を取った。

「場長、たいへんです！」

小峰の声が震えていることから、鈴木は何かよくないことが起きたと直感した。

「フラスコがないんです」

「フラスコって、あの成分Aの入っているやつか？」

鈴木の血圧が一気に上がった。

「ええ。昨夜、冷蔵庫に入っていたんですが、今朝来たらなくなっていて」

「誰か別のものが移動させたんじゃないのか？」

「いえ、昨夜は僕が最後にここを出ました。今朝も、僕が一番に来ました。あ、今、宮田さんが来ましたが……」

「分かった。すぐ行く。とりあえず、落ち着いてもう一度捜してみろ」

電話を切るとすぐにトレーニングウェアを脱ぎ、セーターと綿のズボンに着替えた。

「何かあったの？」

湯気のたつ味噌汁をちゃぶ台に載せながら、房江が尋ねた。

「飯はいいわ。出かけるから」

「ええっ？　味噌汁ぐらい飲んでいけばいいっしょ」

房江の声が背後から飛んできたが、車のキーをつかんで表に飛び出した。散歩をしていたときには気にならなかった埃《ほこり》っぽい風が、不快に感じられ、急いでワンボックスカーに乗り込んだ。

なぜ、成分Aが突然消えるのか。小峰の早合点ではないかという気もした。行ってみれば分かることだ。だが、もし見つからなかったと思うと、肝が冷《ひ》えるような思いだった。あれがなければ、虹色ししゃもの栽培方法は確立できない。

野々宮の顔が浮かびそうになる。

いけない。これではハンドル操作を誤ってしまう。

だが、気持ちの乱れは治まらなかった。自分は町の人たちに対して、大見得を切ってしまった。サンプルを紛失したなどというお粗末な報告をできるわけがない。

なんとか試験場までたどり着くと、自分の部屋には寄らずに、実験室に直行した。すでに小峰を含め数人が実験台の周囲に集まっていた。小峰はスツールに座り、肩を落としている。

ベテランの宮田が鈴木に気付いて会釈をした。

「どうだった?」

「ないようです。僕たちも手分けをして、冷蔵庫を全部調べたんですが……」

鈴木は舌打ちを漏らしそうになったが、必死で抑えた。

「どんな状況だったんだ? 小峰君が昨夜、確認したんだよな」

小峰が力なくうなずいた。

「昨夜は十時ごろ帰りました。冷蔵庫を最後に開けたのは、九時半ぐらいだったと思います。そのときには確かにありました。それははっきりと覚えています」

「そのときにはもう誰もいなかった?」

「はい。うちの部屋は誰もいなかったし、他の部屋も誰も残っていませんでした。受付のノートに僕が最終退出者としてサインをして出たので、間違いありません」

小峰はそう言うと、蒼白な顔を上げた。訴えるように鈴木を見ると、はき捨てるように言った。

「盗まれたんですよ。我々の仕事を妨害しようとするやつがいるんだ」

鈴木はうなるしかなかった。

来る道すがら、そのことを考えた。だが、そんなことをして誰が得をするのか分からなかった。しかも、虹色ししゃもの栽培に成分Aが必要であるということを知っている人間は限られている。

そのとき宮田が口を開いた。

「池野が戻ってきて、持ちだしたということは考えられませんか？　あいつ、鍵はまだ持っているでしょうから」

「それは俺も考えたけど……。だが、あいつは自分から姿を消したんだぞ。わざわざ我々を妨害するために戻ってくるものかね」

そんなことをする理由が鈴木には分からなかった。そもそもなぜ姿を消したかさえも分からないのだ。

そして、池野が戻ってきて試料を持ち出したということが、表ざたになることは、鈴木にとってありがたくなかった。飼い犬に一度ならず二度まで手を嚙まれた間抜けな上司。町の人や野々宮が、そんな目で自分を見そうな気がした。

嫌だ。そんな役回りを押し付けられるのは。

煮え切らない口調の鈴木をとがめるように、宮田が腕組みをした。

「だってほかに誰がいるんですか。場長は我々のうちの誰かを疑っている、ということですか？」

研究員たちの視線が鈴木に突き刺さった。

そういうことになってしまうのか。それもまずい。冷や汗をぬぐいながら、鈴木は考えをめぐらせた。そのときふと、いつか受付で見た女について思い出した。

「いや、実はこんなことがあったんだ」

鈴木は、ベージュのスーツを着た女について話をした。

「皆に言うほどのことではないと思ったんだが、こういうことが起きると気になる」

「産業スパイとか、そういうことですか？」

小峰が尋ねた。

「あり得ない話でもないと思わないか？　虹色ししゃものことは、新聞に載っている。特殊な成分が必要ということは、ウチの職員以外にも知っている人間が何人もいるだろ。問い合わせの電話だって三十件ほどかかっているんだ。それが成分Aと呼ばれていることも。それを手に入れて分析して、特許出願をしてしまおうという腹では……」

思いつきのはずだった。だが、話しているうちに、そういうこともあるのではないか、と思えてきた。

「そういえばこの間、知り合いの水産試験場の人間から、虹色ししゃもについて聞かれました。新聞に大きく出ていましたからねえ。皆、関心はあるようです」

　宮田がぽつりともらした。

「ししゃもは鵡川の一人勝ちだからなあ。付加価値が上がるとなれば、興味を抱くのも無理はないってことか」

「小峰は昨夜、この部屋を留守にしていた時間ってあるのか？」

「それは当然ですよ。水槽棟に行ったし……」

「あるいは、試験場内のどこかに隠れていて、小峰が帰ってから冷蔵庫を物色したかもしれないな。要は池野でなくても、成分Aのことを知っていれば、誰でも犯行は可能ということだ」

　宮田が目を細めた。

「鈴木さん、警察に被害届を出したほうがいいんじゃないですか？」

「うーん……」

　それが自分にとって得なのか損なのか。計算しあぐねて、鈴木は頭を掻いた。

　そのとき、戸口のほうから声がした。

「あの……」

　振り返ると鈴木はぎょっとした。戸口に立っていたのは瑞垣和夫だった。暗い顔をしている。

「鈴木さんにちょっとご相談があって、お邪魔したんですが」

それより、さっきの話を彼に聞かれたのかどうか、気になった。聞かれていたとしたら、とりあえず口止めをしなければならない。

「この話はまた後で」と研究員たちに言うと、彼らも鈴木の意図を汲み取ったようにうなずいた。ほっとしながら、和夫に歩み寄り、自分の部屋に誘った。

和夫はソファに腰を下ろすなり、頭を下げた。

「申し訳ありません。水が確保できなくなってしまいました」

悲痛な声で言う。

「ええっと、水……、というと浦安町の深層水のことだよね」

そういえば、この男に水の確保を頼んでいた。前金で振込みをしたといっていたが、水が必要になるのは当分先のことなので、すっかり忘れていた。

「今朝、先方から連絡があって、前金は払い戻すから、水の提供は断りたいといってきました。この間、先方を訪問したときには、もったいつけながらも、商売になるからと喜んでいるように見えたんですが」

「理由についてはなんて？」

「それが、さっぱり分からないんです。提供できなくなった、っていう一点張りで」

そのとき、鈴木の頭の中で二つの事柄が一本の線でつながった。内線電話で宮田を呼び出した。

「宮田君、さっき、別の試験場から問い合わせがあったといっていたよな。もしかして、浦安町の試験場ではないかい？」

　宮田は一瞬、口ごもったが、そうだ、と言った。それだけ確認すると鼻息を荒らげながら鈴木は憤然と立ち上がった。

　自分たちを妨害しようとしている敵の姿が、はっきりと見えた気がした。こうなったら、徹底的に戦ってやる。

「瑞垣君、今日にでも会合を開こう。とりあえず、先方の担当者に抗議をしておくべきだな。こっちは金まで振り込んで当てにしていたのだから」

「しかし……」

「君だって、このままじゃ立場がないだろう。で、実はだな……」

　鈴木は、成分Aが昨夜、何ものかによって試験場から持ち去られたことについて打ち明けた。みるみるうちに和夫の顔が上気した。

「このことと、水の提供を断ってきたことと関係があると思うんだが」

「その可能性は高いですね。しかし、許せない話だ。そんなことを考えていたとは……。盗人猛々《ぬすっとたけだけ》しいとはこのことですね」

「だろう？　先方の電話番号を教えてくれないか。僕から後で一言、言っておく。君は他のメンバーに会議の連絡を頼む。野々宮さんは、僕から連絡をするから、ほかの人たちに頼む。時間はそうだな……。三時ごろにするか。その頃なら、信寿司さんも、旅館の安江さんも比較的時間があいているだろう」

「分かりました」

和夫はそう言うと、携帯電話を検索して番号を告げた。

「それでは後ほど」

律儀《りちぎ》に頭を下げると、あわただしく部屋を出て行った。その背中を見送りながら、鈴木は鼻息を荒くした。今、自分の指導力が問われているのだと思った。

毅然とした態度をとらなければならない。この難局をどうにかして乗り切るのだ。失敗は許されない。

鈴木は大きく肩で息をした。


三宅銀座の中ほどにある不動産屋の店先で、小渕春子《おぶちはるこ》は泣きそうな表情を浮かべていた。

「恭子ちゃん、こんなこと絶対に内緒だよ。ばれたら私、クビになるわ」

「分かってるって」

恭子はうなずきながら軍手をはめた手で、春子の手から鍵を受け取った。池野のアパートの鍵だった。

池野のアパートは一応、警察が調べたはずだった。水産試験場の総務部員が立ち会ったがめぼしいものはみつからなかったという。だが、どこまで本気で捜す気があったのか、恭子には気になっていた。

アパートについて調べてみたところ、仲介をしている不動産屋には、小渕春子が勤めていた。知っているというほど知っている相手ではなかった。四つほど年下で、顔が分かるという程度の知り合いである。だが、そんなことはどうでもよかった。知らない人と親しくなる方法は、商社員時代に嫌というほど学んだ。そして、春子はよくも悪くも平凡な女だった。複雑な考え方をするとは思えなかった。

早速、アパートを探しているという口実で店に行き、世間話を装って彼女の現況を聞きだした。春子はこの町にも仕事にもうんざりしていた。東京での生活について、多少、脚色を交えながら話してやると、目を輝かせて聞き入り、「夏休みに遊びに行こうと思っているんです」と言った。「お盆の頃なら、自分も向こうに行くつもりだから、合コンでもする？」と誘ったら、乗ってきてくれた。

その後、おもむろに池野の話を切り出したというわけだ。

春子も当然、池野がいなくなったことは知っていた。近々、部屋の荷物が処分される予定であることも。

「美紀って知ってるでしょ？　内緒だけど彼女、池野さんと付き合ってたんだよ。で、行方が分からなくなってしまって、すごく心配しているの。警察が調べたらしいけど、美紀の目で見たほうがいいかもなって思って。二人が付き合ってたってことは証明できないから、彼女は入れてもらえないらしいんだけど」

春子は予想通り、同情を示してくれた。そして、店主が遠出をする日を見計らって電話をすると言ってくれた。それが今日だったというわけだ。

美紀にも電話をしてみた。だが、留守番電話サービスになっていたので、一人で行くことにした。一人のほうが目立たないから、彼女が電話に出ないことは、かえってよかった。

車で池野のアパートに向かう。心臓がドキドキした。まるで、探偵にでもなった気分だ。

だが、すぐに気持ちを引き締めた。

言うまでもなく、ばれたらまずい。だが、どうしても池野の行方を知る必要があると思っていた。

鈴木場長は、やたらと張り切っていたし、野々宮はどこか高をくくっているようなところがある。でも、現実はそんなに甘くはない。できれば和夫と共同戦線を張り、二人を論破したいところだったが、深層水を勝手に買ってしまったことをとがめたとき以来、彼との間には決定的な溝ができてしまった。

三宅の人間でやる、と言われたことを恭子は根に持っていた。自分だって三宅の人間だ。そして、勝手なことをしたのは和夫のほうだ。

確かに自分にも強引なところはあったかもしれないけれど。

見覚えのあるアパートが見えてきた。車をどこに停めるか迷ったが、堂々と駐車場に停めることにした。

それでも、目立たないようにすばやく車から出ると音を立てないように階段を上り、池野の部屋のドアに鍵を差し込んだ。

ぞくっとした感覚が背中を駆け抜けた。一瞬、ひるみかけたが、すばやくドアを開け、体を中に滑り込ませた。中に入るとすぐに鍵をかけた。

すえたようなにおいがした。窓を開けたかったが、近所の人にいぶかしく思われると嫌なのでやめておいた。カーテンがかかっていて、室内は薄暗かった。電気をつけようかと思ったが、それも不安だったのでやめておいた。

とりあえずざっと室内を歩き回った。といっても、玄関を入ってすぐのところが四畳半のダイニングキッチン。その奥に六畳の和室というシンプルな間取りだった。部屋は比較的片付いていた。出しっぱなしになっている衣類はないし、食器もすべて棚に収納されており、生ゴミも片付けてあるようだ。すえたようなにおいが少しするのは、シンクの奥に溜まっている水が腐っているためかもしれない。

和室に机があり、その上にプリンターが載っていた。だが、パソコンはなかった。おそらく池野はノート型を所有しており、持ち出したのだろう。引き出しを開け、住所録の類を捜したが見つからなかった。残念。

郵便物が置いてありそうな戸棚や引き出しを順番に探っていったが、めぼしいものはない。年賀状の束でもあれば、即座に人間関係が割り出せるのに。

だが、ちょっと考えてみれば、そういうものはこの部屋にないはずだった。もしあれば、警察が発見し、関係者と思われる人たちに連絡を取っているはずだった。警察から直接聞いたわけではないけれど、何も発見できなかった、と聞いている。

しかし、それは異常なことのように思えた。自分の部屋を思い浮かべると、机には住所録が入っている。年賀状や暑中見舞いの葉書もある。そのほか、高校や大学の卒業生名簿など、自分とつながっている人を割り出すものは、いくらでも見つかりそうな気がした。

池野は何かから逃げ出して、この町に来たのだろうか。

そんな思いが頭をよぎった。

以前、美紀の部屋で彼女と話をしたときにも、そんなことを言った覚えがある。写真が掲載されたことで、自分の所在が誰かにばれることを恐れているのではないかと考えた。

だが、何から逃げているのか。どこから来たのか。

それにこの日本で、ホームレスにでもなるならともかく、普通に職場に勤めながら、素性を隠す、あるいは偽るということが可能なものだろうか。しかも、彼が勤めていたのは公的な機関だ。

いつの間にか捜索の手が止まっていた。台所でぼうっと立っている。誰かに自分が見られているような嫌な気持ちになった。自分が後ろめたいことをしているから、そんなふうに感じるのかもしれない。

そのとき、目の前にある棚に、南国の海のような色の瓶があるのに気付いた。日本酒らしい。ラベルを何気なく見て、恭子ははっとした。

「青輝」

この前、山村が口にしていた名前だった。能登半島の酒だとか言っていたはずだ。瓶を手に取りラベルを確認すると、思ったとおり製造元の所在地は石川県の六尾《ろくお》市になっていた。六尾は千倉《ちくら》温泉があるところだ。昔、友達と休暇で行ったことがある。

そんなに人気がある酒なのだろうか。マニアの間では知られているのかもしれないが。

シンクの下の戸棚を開いてみた。そして、恭子は息を飲んだ。封を切っていない青輝の瓶が四本、無造作においてあった。池野がこの酒を愛していることは明らかだった。

恭子は腰を伸ばすと、扉を静かに閉めた。

考えてみると、上京したとき山村にも池野について、もっと詳しく聞いてみるべきだったかもしれない。人の名前は滅多に忘れないとか言っていたけれど、そんな言葉を額面どおりに受け取る必要もなかったのではないか。

心臓の動きが速くなってきた。

こんなことに期待をかけていいものかどうか分からないけれど、とりあえず、この部屋でほかに何も見つけることはできなかったのだから。

カーテンから差し込む日差しが、オレンジ色だ。店で春子がやきもきしながら自分を待っているはずだ。

恭子はもう一度、部屋全体を見回すと、ドアに向かった。外に出ると素早く鍵をかけた。周囲に人影はないようだ。階段を下りると、大きく呼吸をした。肩のあたりがこわばっていた。

そのとき、一台の車が駐車場に滑り込んできた。住人だろうか。顔を見られたくなかったので、うつむきながら足早に自分の車に向かった。ちらっと横目で確認すると、運転しているのは女の人だった。ちらっと横顔が見えた。四十歳前後といったところだろうか。

駐車場の一番奥に向かっていく。

女はとかく細かいことに気がつくものだ。顔をさらに深くうつむけながら、車にすばやく乗り込み、彼女がハンドルを切り返しているすきに、車を出した。

国道を走り始めてしばらくたつと、恭子はふと、気になり始めた。

さっき見かけた女のことだ。あのアパートは外観から考えて、おそらくどの部屋も同じような作りだろう。四十がらみの女が、一人暮らしをするのに適当な部屋ではないように思えた。

考えすぎだろうか。だが、気になった。池野を訪ねてきたとは考えられないだろうか。気になるのなら、確認するまでだ。幸い、対向車線に車は見えない。恭子は車のスピードを緩め、ハンドルを大きく右に切った。できる限り急いだが、アパートに着いた時、女の車はすでになかった。

家に戻ると恭子は自分の部屋から携帯電話で山村弘子の勤務先に連絡を入れてみたが、会議で席をはずしているとのことだった。後でこちらからまたかけるという伝言を残すと、恭子は店へと降りた。鉄三がレジカウンターの後ろに座っていた。

「大丈夫なの？」

鉄三は顔を上げずに、「残務整理」とだけ言った。まだ怒っているのか。しつこすぎると思う。しかしまあ、ここで一つ自分のやる気を見せておくのも悪くないと考え、恭子はカウンターの端においてあった軍手をはめ、埃をぬぐうためのボロタオルを手に取った。

店先に出してある格安自転車の埃を払っておくつもりだった。このところ風が強いせいか、外に出しておくとすぐに表面がざらっとしてしまう。

作業を始めて二分もたたないうちに、携帯電話が鳴った。山村かと思ったのだが、画面には和夫の番号が表示されていた。

「ちょっとトラブルが発生しているんだ」

またもやトラブルか。

「どうしたのよ」

「とりあえずこれから事務所のほうに顔を出してくれないか？　幹事会を開きたいから。野々宮さんも、おっつけやってくるそうだ」

「だから何があったの？」

和夫は口ごもった。電話では話せないほど重大なことなのか。いいかげんうんざりしてくる。

「分かった。すぐ行くから」

電話をポケットに入れ、軍手をはずした。カウンターにボロタオルと軍手を戻すと、鉄三が目を上げた。

「また出かけるのか？」

「悪いけど。ししゃものプロジェクトの幹事会があるから」

「気をつけてな」

鉄三はそういうと、伝票に視線を戻した。

今夜あたり再び店を閉めると言い出すだろう。どうして自分の周りの人間は、こうも身勝手なんだ。池野を捜すことに集中したいのに、面倒なことばかり言い出す。

鞄を取ってくるために、二階への階段を上った。足に力が入りすぎていたせいだろうか。つま先を階段の角にぶつけ、恭子はその場で小さく飛び上がった。


商工会の会議室に入ると、野々宮を除く他のメンバーがすでに集まっていた。

恭子が席につくなり、和夫が「じゃあ、始めましょう」と言った。鈴木が心得顔でうなずくと、緊張気味に口を開いた。

「今日、集まってもらったのは、浦安町が我々を妨害しようとしている事実が判明したからです」

恭子は思わず鈴木の顔をまじまじと見た。いったい彼は何を言い出すのだろう。粟野安江も首をかしげるようにしている。

鈴木は顔を上気させながら、集まった面々を見回した。

「やつらは我々の町が、画期的なししゃもを作るのを阻止すべく、動き出したんです。なんとかしてこの非常事態に対抗せねばならん。皆さんの知恵をここで結集していただかないと思いまして」

和夫もその隣で、かすかにうなずいている。恭子はうんざりしながら、口を開いた。

「いったい何があったんです？　浦安町って深層水を購入することになっている施設がある町ですよね」

鈴木が重々しくうなずいた。

「彼らは、我々の町が将来的に深層水採水施設を建設しようという計画を持つことに危機感を募らせているんです。だから、せっかく和夫ちゃん、いや、瑞垣君がまとめてくれた商談を一方的に破棄した」

なんだ、そんなことか。それならかえって都合がいい。商談を破棄するならば、振り込んだとかいう前金も戻ってくるだろう。

「なるほど。じゃあ、他の施設から水を入手できるようにすればよいわけですね。まだ時間もあることだし、私が適当なところを探しますよ。任せてください」

だが、鈴木は猪首を横に振った。

「それだけではないんです。成分Aが我々の研究所から持ち出されたんだ！」

テーブルを拳で叩くと、悔しそうに顔をゆがめる。その様子が恭子にはどこか芝居がかっているように思えたが、嘘をついているようには見えなかった。

胃のあたりが痛くなってきた。マッチポイントをとられたときのような気分だ。でも、マッチポイントはゲームセットではない。

自分がしっかりしなければ。まずは現状を把握することだった。また、偉そうだとかいって反感を買うかもしれないけれど、そんなことにかまってはいられない。

「鈴木さん、それはいったいどういうことだね」

信寿司の進藤が尋ねた。鈴木が口を開く前に、恭子は立ち上がっていた。

「鈴木さん、成分Aがまるまるそっくりないんですか？　だとすると、栽培方法を確立する実験ができなくなるということですよね」

栗野安江が眉を曇らせた。

「ええ？　となると、虹色ししゃもができないってことかね」

「我々がいくら頑張ったって、このままでは無理です。モノがなければどうしようもない。せめてデータがあればよかったんだが。とにかく、浦安町の人間に電話で抗議をしておいたから。明日にでも向こうに乗り込み、抗議をしてこようと思う」

恭子は自分のかんしゃくをなだめながら、鈴木を見据えた。

「研究員の誰かが、何らかの理由で持ち出した可能性が高いんじゃないですか。聞き取り調査などはもうやったんでしょうか」

鈴木がぐっと胸をそらせると、恭子をにらみつけてきた。

「うちの研究員を盗人よばわりするんですか？」

「まあまあ、鈴木さん」

なだめる進藤に目もくれず、鈴木は口から泡を飛ばした。

「とにかく、盗まれたんだ。我々は被害者なんだ。警察にも総務部長が届けを出しているわけだから」

鈴木がヒートアップすればするほど、恭子はますます、うんざりした。

もうダメだ。池野はいない。試料もない。こんな状態で、プロジェクトを開始するも何もあったもんではない。

何がなんでも中止にしてやる。店だってもういい。こんなわけの分からない人たちばかりの町で、やっていこうと考えたことが間違いだったのだ。

「もうやめましょう。無理です！」

恭子は大きな声で言った。

「幸い、お金は返ってきたんでしょう？　だったら、出資してくださったかたに返金しましょうよ。何度も言ったように、虹色ししゃもがなければ、あの計画は成立しないんです。深層水ビジネス一本ではやっていけないんです」

「そうかねえ。私はその深層水とやらの温泉施設を作れば、問題ないように思えるけど。町もせっかく乗り気になっているわけだし」

栗野安江が言った。旅館を経営する彼女にとっては、ししゃもよりむしろ温泉施設が魅力に映っていたのだろう。

「それでは意味がないべさ」進藤が栗野安江に噛み付いた。「鈴木さん、あんたらで、なんとか開発を続けてもらえんだろうか。な、和夫ちゃんからもお願いしてくれよ。和夫ちゃんちだって、虹色ししゃもがあれば助かるっしょ」

鈴木は「無理だ」を繰り返すばかりで、腕組みをしている。和夫は鈴木のほうをちらっと窺うと、視線を下に向けた。

そのときふと恭子は気付いた。成分Aがなくなったというのは確からしい。誰がどんな目的でそれを持ち出したのだろうか。

「鈴木さん、もしかして成分Aを持ち出したのは、池野さんじゃありませんか？」

「いや……。だから犯人は浦安町の人間だと、目星はついている」

鈴木が重々しく言った。

「なるほどねえ」

進藤がうなった。粟野安江もため息をついた。和夫は腕組みをしてうなずいている。それを見ているうちに恭子の気持ちはすっかり冷めた。

鈴木の言っていることは単なる状況証拠じゃないか。そんなことぐらいで盗人扱いされたら、浦安町だって怒るだろう。呆れてものも言えない。

恭子は自分の唇が歪んでいるのに気付いた。元に戻そうかと思ったが、かまわないと思った。こんなわけの分からない人たちと付き合うのはもうやめよう。おしまいだ、おしまい。みんな勝手なことを勝手に言っていればいい。

店だって、どうせ今夜あたり父が閉めると言い出すだろう。心残りがないこともないけれど、もうどうしようもない。

勝てるチームを作る際には、みなの心がそろうことが大切だ。高校でも大学でも団体戦はそういう気持ちで挑んでいた。だけど、会社で仕事をするようになって、そうでもないものだと思うようになった。一人ひとりの力があまりに低ければ、いくらチームのまとまりがよくても、勝つことはできない。

三宅に戻ってきてから二ヶ月あまりのことが、すべて馬鹿馬鹿しく思えてきた。このチームに賭けようとしていたなんて、まったく自分はどうかしていた。

恭子の気持ちなど知らずに、鈴木は声を潜《ひそ》めて話を続けた。

「さらにもう一つ疑わしい点があるんだわ。怪しい女が試験場に池野を訪ねてきた。その女も虹色しじゃもを狙っているんではないかと」

「浦安町の人間ってことはないのかい？」

「それはないと思う。服装とか髪型とかが、やたらと垢抜けたかんじで」

恭子ははっとした。そっちのほうがむしろ重要ではないだろうか。そしてすぐに昼間、池野のアパートへ来た女のことを思い出した。

「その女の人ってどんな人でしたか？　もう少し詳しく教えてください」

「四十歳ぐらいだね。ショートカットで髪の毛は茶色に染めていて。ベージュのスーツを着ていた。なんだ、恭子ちゃん、女に心当たりがあるのかい？」

「池野さんのアパートに行ってみたんです。もしかして、帰っているかもしれないと思って。帰り際に、女の人が運転する車が、駐車場に入ってきたもんだから」

差しさわりのない範囲で事実を告げると、鈴木が眉を寄せた。視線が落ち着きなく揺れている。

「同じ人のようだけどどういう人なんだろう。自宅まで行くって言うのは……」

「もしかすると池野さんの奥さんでは」

恭子は池野のアパートから戻る途中で頭に浮かんだことを素直に口に出してみた。

鈴木が目を見開いた。

「ええっ？　なんでそんな話になるわけ？　池野は独身で……」

「だけど、池野さんの経歴が正しいとは限らないと思うんです。ご両親の連絡先は違っていたわけでしょう？」

「しかしだねえ。ちゃんとした人の推薦で来た人だよ、池野は。そんないい加減なことが通る世界ではないさ」

でも、そのちゃんとした人、すなわち帝都大学の吾妻道夫教授は故人となっている。確かめようがない以上、疑ってかかったほうがいい。

だが、鈴木はその場の空気を変えるようにテーブルを軽く叩いた。

「そんなことより、浦安町をどうするかが問題だ。このことは徹底的に争ったほうがいい。このままでは引き下がれない」

「そんなことより、深層水の施設のことはどうなるの。温泉がないと困るのよ、ウチは！」

「虹色ししゃもが優先だべさ」

ああ、もう何がなんだか分からない。だが、池野の行方について、一筋の光が見えてきたことで、さっきまでの捨て鉢な気持ちは和らいでいた。要は池野を見つければいいわけだ。そして成分Aについて聞き出せば、あとは鈴木たちがなんとかしてくれるだろう。

そのとき部屋の扉が開き、野々宮が姿を現した。蒼白な顔をしている。すかさず粟野安江が立ち上がり、彼の元に駆け寄った。

「聞いてくださいよ、野々宮さん！　またこの人たちが何かへまをやって、ししゃもの開発が難しくなったって……。でも、施設のほうは大丈夫ですよね。野々宮さんのお力で、予算をとっていただけるんですよね」

野々宮は苦虫《にがむし》を嚙み潰したような表情を浮かべながら席につくと、ネクタイを緩《ゆる》めて舌打ちをした。いつもの彼とは、少し違っていた。成分Aが消えたことをすでに知らされているのかもしれない。

さらに面倒なことになりそうだが、成り行きを見守るしかなかった。

「遅かったですな、野々宮さん。電話でも話をしたように、浦安町のやつらがとんでもない横槍を入れてきまして。早速、抗議の電話を入れておきました。我々の妨害をしようだなんてとんでもない話です」

鈴木が早速話しかけると、野々宮の眉がぴんと釣りあがった。

「いったいあんた何を考えているんだ！」

鈴木は一瞬、呆けたように口をあけた。すぐに彼の顔に朱が走った。無理もない。自分より十歳以上年下のものにあんたよばわりされるとは。恭子も腹が立ってきた。

おまえこそ何様だ！

他のメンバーが野々宮を見る目にも怒りがこもっているようだ。進藤など明らかに敵意をむき出しにしている。だが、野々宮は容赦がなかった。

「瑞垣さんが彼らと契約を交わした直後に、浦安町には僕がきちんと話をつけてあったんです。こっちで同じような採水施設を作ろうという計画が持ち上がったら、向こうがいい顔をしないのは、分かりきった話でしょうが。だから、水をいただくだけだから、おたくらにもメリットがあるだろうといって、説得したんです」

野々宮は吐き捨てるように言うと、鈴木を指差した。

「あんたがさっき余計な電話を入れたから台無しだ。浦安町から担当者のほうに、早速連絡がいったそうですよ。浦安町と三宅町は近すぎるから、採水施設建設の助成を認めるべきではないとね。上司やプロジェクトを選定する識者たちにも、同じような連絡がいっているでしょうね」

「ええっ、それはどういうことですか」

栗野安江が椅子を蹴って立ち上がった。野々宮が鼻を鳴らす。

「根回しをしなおさなければならない、ということですよ。まったく、余計なことをしてくれたから。水の提供を断ってきたのはですね、どうやら施設の建設中にトラブルがあったためらしいです。稼動予定が大幅に遅れるらしくて、そのメドがたつまで様子を見ようということだそうですよ。先方が事情を説明しなかったのは問題だけど……」

白々とした空気が流れた。和夫が胃痛をこらえるように顔をしかめた。鈴木がわざとらしく咳払いをした。

「なんですかな。それでは、野々宮さんはもともと浦安町を騙すつもりだったわけで？そういうのは、我々三宅の人間の性には合いませんな」

「馬鹿な。騙すとか騙されるとかそういうことじゃない。物事をスムーズに進めるためには手続きってもんがあるっていうことを僕は申し上げたいんです」

栗野安江がぽっちゃりした両手を顔の前で合わせ、野々宮を拝《おが》むようにした。

「お願いしますよ、野々宮さん。私、温泉施設にかけているんです。それを当て込んで、旅館を改築する費用の金策まで始めているんです……」

野々宮は椅子の背もたれに体を預けると、長い脚を組んだ。

「僕だって、ここまできたらやめられませんよ。浦安町ごときの役人にしてやられるわけにはいきませんからね。僕の経歴に傷をつけるわけにはいかない。しかし、厳しいことになりましたよ」

野々宮はそう言うと、恭子をまっすぐ睨みつけてきた。

「川崎さん、あんたがきちんと管理してくれないと困るじゃないですか。どうしてこういうことになったんですか？」

「えっ、私ですか……」

恭子は突然、自分に降りかかってきた火の粉《こ》をどうやって払いのけようか、必死で頭をめぐらせた。でも、そもそも鈴木や和夫、そして粟野安江も進藤も、勝手に自分たちで盛り上がって、勝手なことをしたのではないか。野々宮にしたって同じだ。深層水ビジネスにまで手を広げようという提案があったときに、冷静にはねつけていれば、こんな複雑な事態には発展しなかったはずなのに。

その責任を押し付けられるとは心外だった。でも、下手なことを言うと、いいこめられそうな気がする。冷や汗が背中を流れた。言葉を探しているうちに、進藤に先を越された。

「恭子ちゃん、あんたの見通しが甘かったんでないの？」

「そうさ。でも、考えてみれば私たちも悪かったのかも。こんな女の子の口車に乗るなんて、どうかしてたわ。でも、このままでは終われないわ。野々宮さん、ねえ、なんとかしてくださいよ」

鈴木まで恭子を冷たい目で見た。

「そもそも川崎さんがウチの池野を怒らせてしまったから、こういうことになったんではないかい？　新聞社の取材だって、あいつは嫌がっていたのをあんたがどうしてもっていうから受けたけど」

一人ひとりの言葉が、氷のつぶてのように体に突き刺さる。恭子はテーブルをじっと見つめるしかなかった。表面の化粧板に傷が入っており、木目が露出している。その木目も長年の埃や垢がこびりつき、黒ずんで見えた。

なんで全部自分のせいにされるんだ？　さっぱり分からない。この人たちは自分を省《かえり》みるってことをしないのか？

この際、言いたいことを全部ぶちまけようと思って口を開きかけたとき、穏やかな声が部屋に響いた。

「僕も悪かったと思う」

和夫の声だった。

「水を確保するときに、みんなに一言相談をするべきだった。要するに、話し合いが足りなかったんだわ」

「したっけ、恭子ちゃんが虹色ししゃもなら絶対売れるなんていわなかったら、こんなことにはならなかったんではないかい」

進藤の言葉を和夫が強く遮《さえぎ》った。

「今、そんなことを言ってもしようがないでしょう。それより今後、どうするかを考えたほうがいい」

その言葉で恭子はようやく顔を上げることができた。先ほどまでの怒りに満ちた空気が、和らいでいた。凝り固まっていた筋肉がほぐれ、毛細血管に再び血が通い始めたようなかんじがする。和夫の顔を見た。いつもより頼もしく見えた。

野々宮が組んでいた脚を下ろすと背筋を伸ばした。

「まあ、確かにそうですね。善後策を考えましょう。施設については、僕が引き続き根回しを続けますよ。まあ、やれるところまでやってみましょう。ただし、虹色ししゃもの開発は絶対に必要です。否定派を抑える材料として、それがないと辛《つら》いですから」

みなの目が鈴木に集まった。鈴木が苦しそうな表情を浮かべた。脂汗《あぶらあせ》がにじんでいるのか、眉の上あたりがてかっている。そんな鈴木に向かって進藤が声をかけた。

「鈴木さん、正直なところを話してくれればいいよ」

「そうだね。こうなったら無理をしないのが一番だわ」

栗野安江も言う。鈴木の目元がふっと緩んだ。顔色もずいぶんよくなっている。これがこの人の本来の顔なのだ。

「成分Aさえあれば、なんとかなります。そこは責任を持ちます。しかし、あれがないとなると、お手上げと言うのが正直なところで。池野が見つかればいいんですが」

「なるほど。池野さんねえ。僕もあの後、ちょっと知り合いに聞いてみたんだけれど、彼を推薦した吾妻教授っていう人が亡くなっていて、結局そこで止まってしまうんですよねえ」

野々宮が腕組みをした。そのとき恭子は思いだした。ここに来る前まで、自分が池野を捜そうとしていたことを。みながいろいろ動いても結局、池野の問題をクリアしなければ、自信を持って前には進めないのだ。

「池野さんを捜しましょう。成分Aを持ち去ったのが誰かは分からないけれど、少なくとも池野さんが見つかれば問題はないはずじゃないですか」

進藤が目を瞬いた。

「それはそうだけど、でも、どうやって？　警察に届けをだしたんだから、それ以上できることはないんじゃないのかね。それとも恭子ちゃん、何か伝《つて》があるのかい？」

「それは……。知り合いにあたるぐらいしかないですけど、全く伝がないってわけでもなくて」

山村のことを念頭に置きながら言うと、鈴木が力強く自分の膝を叩いた。

「よしっ、僕も聞いてみますわ。水産関係の試験場の知り合いに、片っ端からメールを出してみますよ。初めからそうしていればよかったんだ」

「池野さんが本名ではない名前を使っていたという可能性はないでしょうか」

恭子は思いきって言ってみた。

「ええ？　それはないと思うけどね」

「訪ねてきた女の人というのが、私はどうしても気になるんです。もしかしたら、池野さんの奥さんじゃないかって。実家には誰もいなかったわけでしょう？　彼は経歴を偽っていた可能性があるとは考えられませんか？」

「それはないでしょう」

野々宮が言った。

「一応、僕も調べてみたんですが、彼の前職はタイの研究所ですよね。そこに所属している時に発表した研究論文がネットに掲載されていましたよ」

「ああ、そうですね」と鈴木がうなずく。「もし池野が偽名を騙《かた》っていたとしたら、彼の名前の論文は存在しないはずです。論文がある以上、池野は池野だ。そこは動かしようがないですよ」

「でも、気になるんです。彼が失踪したのは、写真が新聞に掲載されたことがきっかけという可能性がある。もし、彼が偽名を使っていて、誰にも知り合いにみつかりたくないと思ってこの町に来たとしたら」

「そんなことができるもんかね」

進藤が首をかしげる。

「私も、確信があって言っているわけではありません。でも、彼を紹介した吾妻教授が故人となっている以上、偽名ではないと証明することもできないんじゃありませんか？」

「まあ、それはそうだけど……」

鈴木が腕組みをした。

そのとき、和夫が口を開いた。

「偽名を使っていたとしても、本名が何だか分からないわけでしょう。だったら、問い合わせするときに、写真を添付すればいいだけのことじゃないですかね」

「ああ、なるほどそれはいいアイデアだな。手間もかからないし」

野々宮が言うと、鈴木はうなずいた。完全に納得したようには見えなかったが。

「僕にも写真を送ってください。知人を当たってみましょう。それで、何か分かったら、報告しあうということにしましょう」

そう言う野々宮を、粟野安江が嬉しそうにうなずきながら見ていた。

「したら、自分が連絡係を引き受けるわ。何か分かったらメールで信寿司に送ってもらえんかね。そうしたら、まとめて皆さんに配信するから。そのほうが便利でしょう」

「えっ、進藤さん、メールなんて使えるの？」

粟野安江が首をかしげると、進藤が大げさにふくれてみせた。

「当たり前だべ。いまや寿司屋もIT革命の時代なんだから」

その場の空気が和んだ。これでいい。みんなが自分にできることをやる。しばらくは、それで様子を見るしかない。そのとき和夫が口を開いた。

「池野さんに直接頼んでみるっていう方法もあるよなあ。別に姿を現してくれなくてもいい。成分Aについて教えてくれるだけでいいからって頼んでみてはどうだろう。何か事情があって失踪したっていうのは分かるけど、あの人が三宅の人たちに恨みを持っているとか、そういうことはないような気がするんだけど」

確かに和夫の言葉には一理あるように思えた。池野がこの町の人を恨む理由など、ありはしないように思えた。呼びかけてみる価値はあるかもしれない。

「どうやって？」

「携帯電話は持っていると思うんだけど」

鈴木が即座にうなずいた。

「何度か電話はしたけれど、電源が切れていたんだよ。でも、留守番電話サービスならチェックするかもしれないから、吹き込んでおこう」

恭子はそのとき、美紀の顔を思い浮かべた。彼女はおそらく池野に電話をかけ続けているだろう。彼女は嫌がるかもしれないけれど、成分Aについて情報が欲しいと頼んでもらおう。彼女の言葉になら、池野も耳を傾けてくれるかもしれない。そんな気がした。

「じゃあ、今日はこのへんで終わりにしますか」

野々宮の言葉で、会議は終わった。

家に戻ると恭子はすぐに山村に電話をかけた。挨拶もそこそこに話を切り出す。

「山村さん、石川県の深層水採水施設に親しい人っていませんか？　ちょっと尋ね人をしたいんです。ご紹介いただけないでしょうか」

回線の向こうで、何かを飲み込む音がした。

「尋ね人って？　この間、池野某という人のことを聞いたわね。その人のことかしら。それぐらいなら私がすぐに電話で聞いてあげるけど」

「ちょっと込み入った事情があって、先方に写真を見てもらいたいんです」

「ふーん。いいわよ。ちょっと待ってね」

引き出しを開けるような音がした。

「この間の北京ダック、美味《おい》しかったわねえ。また美味しい店を紹介してちょうだいね」

「そういえば、あのとき青輝っていうお酒の話が出ましたけど、あれって、珍しいお酒なんですか？」

「そりゃそうよ。年間三百本しか生産していないんだから。でも、まだあまり知られていないから飲むのはほとんど地元の人みたいだけどね」

自分は正しい方向に向かっているような気がする。恭子は興奮を覚えた。

池野さえ見つかればなんとかなる。もう一度、みんなで頑張れる。さっきの会議の雰囲気は、自分が最初に求めていたものだった。

「あ、あった。じゃあ電話番号を言うわよ」

山村が言う番号をメモに書き取る。

「佐伯《さえき》さんっていう人なんだけどね。私が今から電話をかけて、あなたから電話がいくって話しておくわ。十分後に私からあなたに電話がいかなかったら、話が通じたって思っていいわ」

「ありがとうございます！」

恭子は電話を握ったまま頭を下げた。

「ぜーんぜん。それじゃあまたね」

爽やかな声とともに電話が切れた。

赤松が彼女とのつながりを大切にしている理由が分かったような気がした。さすが同期で一番の出世頭だ。やることにソツがない。

十分を待つ間に恭子は美紀に電話をかけることにした。虹色しじゃものことを持ち出せば、美紀が嫌がりそうな気もするけれど、そんなことを言っている場合でもない。

携帯電話は留守番電話サービスになっていた。こんなときに限って。だが、考えてみると今朝、不動産屋に行く前に電話をしたときも留守番電話だった。店にいるときには電話に出ないのかもしれない。階下に下りて電話帳をめくると「喫茶ティファニー」の番号はすぐ分かった。今度は店にかけてみた。

男性が電話に出た。

「お忙しいところ申し訳ありません。須藤美紀さんはいらっしゃいますか?」

「あんた誰?」

いきなり失礼な人だ。

「彼女の友人ですけど」

「ああ、なるほど。実は彼女、昨日の夕方、具合が悪いからといって早引けしたんだよ。それ以来、連絡がつかなくて」

「えっ? どういうことなんですかね」

「今晩にでも自宅に電話してみようと思っているけど」

男はそう言うと、客が来たと告げて電話を切った。

胸騒ぎがした。美紀は真面目な性格だ。無断欠勤をするようなタイプではない。美紀の自宅に電話をかけてみた。

電話口に出た母親に美紀はいるかと尋ねると、母親が素《す》っ頓狂《とんきょう》な声を出した。

「あれえ？　どういうことかね。美紀は昨日の夕方、恭子ちゃんと一緒に急に釧路に遊びに行くことになったからって」

「釧路になんか行っていませんよ。彼女、昨日の夜、帰ってないんですか？」

「帰ってないわ。あの子が嘘をついているってことだよね」

母親の声が震えていた。彼女も何かよくないことを想像しているようだった。

「もしかして、恋人とお忍びでどこかへ行ったのかもしれないですね」

「でも……」

美紀の母は口ごもった。だが、その後ですぐに警察に捜索願いを出すと言った。

「どうも最近、様子が変だったんだわ。ふさぎこんでいて。あの子、誰か男の人と付き合っているんだろうかね。それだったらいいんだけど……」

相手がまさか失踪したとは、美紀も母親には言えなかったようだ。

「とりあえず、美紀の携帯を鳴らしてみるわ」

あわただしく電話が切れた。

美紀が誰かといるとしたら、それは池野しかないように思えた。連絡がついたのだ。そして、美紀まで消えてしまった。

昨日、店に寄ったときには、そんなそぶりを見せてはいなかったのに。むしろ、落ち着いているように見えた。

ああ、と恭子はため息をついた。

落ち着いていたのは、池野から連絡があったからだったかもしれない。そういえば、同窓会をやっておけばよかったと口にしていなかったか。

苦い思いがこみ上げてきた。彼女の心を見抜けなかった自分に腹が立つ。しかし、とりあえず電話をもう一本かけなければならない。

山村からの連絡がないということは、佐伯という人に話が通ったと考えてよかった。

「どうしたのさ、そんなに難しい顔をして」

ふと横を見ると、民子が割烹着で手を拭きながら心配そうな顔をして立っていた。

「そろそろ夕飯にしようかね。お父さんも今日は具合がいいから、下で食べるって。で、その後、ちょっと話がしたいらしいんだけど」

店のことだ。

ああ、なんでこう何もかもがいっぺんに自分の身に降りかかってくるのか。

「ごめん。今日はちょっとばたばたしてるから。悪いけれどご飯は二人で食べて。私は電話をかけたら商工会のほうに行くから」

和夫も呼び出し、二人で今後のことを検討しようと思った。彼と一緒にやろうと思った。独断は危険だ。

「あんまり無理をしなさんなよ」

「分かってる」

といっても、今無理をしないで、いつ無理をする。恭子は電話をかけるために、自分の部屋に戻った。そのとたんに電話が鳴った。山村からだった。

「ごめん。佐伯さんを捕まえるのに時間がかかっちゃって。今、金沢市内で会議をやっているそうなのよ。今夜はずっと忙しいみたいだから、明日の朝一番で電話をかけてほしいといっていたわ。で、今晩中に簡単に用件をメールで送っておいてって」

丁寧に礼を言って電話を切った。

ひとまず休戦か。ならば、美紀の家に行ってみようか。和夫に相談をしたかった。だが、それは美紀に対する裏切り行為のようにも思えた。池野と美紀のことはおそらく自分しか知らない。第一、美紀が池野と一緒にいると決まったわけではない。

美紀の携帯電話にかけると、留守番電話サービスにつながった。メッセージを吹き込もうかと思ったがやめた。メールのほうがいい。

でも、彼女に何を伝えればいいのか、恭子には分からなかった。それにもし、自分の直感が当たっているなら、アパートを訪れていたあの女は、池野と何らかの関係がある。

そのことを美紀に告げるのは酷なような気がした。

美紀は大人だ。彼女がもし、親や周囲に迷惑をかけてでも池野と行動をともにしたいというならば、それをとめる権利は自分にはない。

――どこにいるの？　大丈夫？　みんな心配しているから連絡をして。

少し迷ったが、付け加えた。

――池野さんと一緒にいるの？

簡潔に書いたら、ひどくそっけない文面になった。でも、美紀はおそらく神経を高ぶらせているに違いない。センチメンタルな言葉は逆効果になりそうな気がした。

恭子は思いきって送信ボタンを押した。

鈴木は試験場に戻ると、すぐに総務にいって池野の写真を用意させた。ＩＤカードを作る際に撮影した写真が、ほどなく鈴木のパソコンに送られてきた。ファイルを開いて池野の顔を見る。

なかなか男前だ。この男が偽名を名乗り、経歴も偽っていたなどということがあり得るのだろうか。

ファイルを閉じると、さっきの面々に一斉メールで写真を送った。

研究者仲間に問い合わせのメールを書く前に、総務から持ってきた池野の個人情報の資料をもう一度、読み返すことにする。

帝都大学を出てからタイに渡り、現地の大学でずっと研究をしていたという。変わった経歴ではあると思った。だが、上からの紹介でやってきた人間だったから、経歴を細かく調べるなどということはしなかったし、人物的に間違いがないものと確信していた。

ふと、書類に記載されているタイの大学の名前に目が留まった。池野が勤めていたという大学だ。研究室の教授の名前も書いてあった。

今からでも遅くはない。確認をしてみるべきだった。インターネットで検索してみると、その教授の研究室のホームページがすぐに出てきた。電話番号も載っている。相手は研究者なのだから、英語が通じるはずだった。

といっても、英語は苦手だ。しゃべるなんてとんでもなかった。

そのとき、ドアがノックされた。

「どうぞ」と言うと、小峰が入ってきた。

「池野さんのパソコンを徹底的に調べたんですが、やっぱりデータはありませんでした」

「おお、そんなことより、君、ちょうどいいところにきたな。ちょっと電話をかけてくれないか。君、確か英語、話せるだろう？」

「ええっ？」

小峰がひるんだように体をのけぞらせたが、鈴木は彼の手に無理やり受話器を押し付けた。

「このプロフェッサー・シンワンチャーという人を呼び出して、池野勇介について尋ねてくれ。何年から何年まで在籍したかとか。そして、後で写真をメールで送るから、本人かどうか確認してくれと頼むんだ」

小峰は顔をこわばらせた。

「どういうことですか？」

「池野っていうのが本名かどうか分からないと言い出した人がいてね。念のために確認をしておきたいんだ」

「池野は偽名だったってことですか？」

「まあ、そんなことはないと思うが、一応な。な、頼むよ。電話一本のことだろ」

小峰は頬を膨らませていたが、あきらめたようにプッシュボタンを押し始めた。すぐに相手が電話に出た。とたんに小峰は流暢《りゅうちょう》な英語で話し始めた。鈴木には、何を言っているのかさっぱり分からなかった。

なんだ、もったいつけやがって。

小峰の声がだんだん大きくなってきた。「アー・ユー・シュア？」と何度も繰り返す彼の横顔は、明らかに引きつっていた。

やはり何か問題があったのだろうか。鈴木は早く電話を切れ、というジェスチャーをしてみせたが、小峰は再び早口で何かをしゃべりだした。

ようやく受話器を置くと、小峰は唾を飲み込むように喉元を大きく動かした。

「僕にもよく事態が飲み込めないんですが……」

「どうしたんだ、早く言ってくれ。やっぱり偽名だったのか？」

小峰は首を横に振った。

「偽名かどうかまでは分からないんです。でも、シンワンチャー教授によると、ユースケ・イケノなる研究者は三年前に亡くなったそうです」

鈴木の顔から血の気が引いていった。

6章　青ざめる心

翌朝、八時半に商工会に出向いた。すでに和夫は来ていた。

「しかし、驚いたなあ。本当に偽名だったとはね」

「案外、いい加減なもんだね。お役所の研究機関なのに」

「まあ、こんな田舎のことだから。それより、池野さんの写真は昨日のうちに先方にメールで送っておいたんだろう？　あ、池野さんっていうのはヘンか。でも、ほかに呼びようもないしなあ」

「うん。送ってあるから、早速電話してみる」

恭子はデスクに座ると、受話器を取り上げた。

ワンコールで佐伯は電話に出た。

「ああ、川崎さん。メールを拝見しましたよ」

「どうもすみません。なんかヘンなお願いで」

「いや、それはいいんですが……。池野勇介という男は、私は知らないんですよ。ですがちょっと気になることがありまして」

　ぴんときた。

「もしかして、写真の男の人に見覚えがあるけれど名前が違うんじゃありませんか？　偽名を使っているらしいので」

　佐伯が息を呑むのが分かった。

「やはりそういうことでしたか。いや、あまりにも知っている人物に似ているから驚いてしまいまして」

「なんという人なんですか！」

　和夫がソファから立ち上がり、デスクのそばにやってきた。恭子は体を斜めに傾けて、受話器からの音声が彼に届きやすいようにした。

「正岡《まさおか》。正岡　晋《すすむ》という人が、この池野さんという人に非常によく似ています。生き写しといってもいい。柴田《しばた》建設の社員でした」

　柴田建設は東京に本社を置く中堅のゼネコンで、一部上場企業だった。

「ただ、彼であるはずがないと思うんです」

「それはなぜですか？」

　しばしの沈黙の後、佐伯は低い声で言った。

「自殺したんですわ。二年ほど前に」

和夫の腕がぴくっと動いた。

「経緯を聞かせていただけないでしょうか」

自分の声ではないように落ち着いていた。テニスの試合をしているとき、時折、勝てると直感する瞬間がやってくる。それはコーナーギリギリに打ち込まれたサーブをバックハンドで見事にレシーブしたときであったり、絶妙の角度でボレーを決めたときであったり、その時々で違うけれど、脳から背中へと電流のようなものが走りぬける。今、まさにそれが背中を走った。

「話せば長いことになりますが、人工湧昇ってご存知ですか?」

どこかで聞いたことがある言葉だった。それが、帝都大学の若水の言葉だったことを思い出すのにさほどの時間はかからなかった。だが、若水がどんな説明をしたのか、すっかり頭から抜け落ちていたので、知らないというと、人工的に作る海底山脈のようなものだと佐伯は説明した。海底から表面に向かって海流を作り、海底付近に豊富にあるミネラルを太陽光が届く層へと運び、植物プランクトンを増殖させ、新しい漁場を形成するものだという。海洋深層水をポンプを使わずに表面にくみ上げるようなものらしい。

佐伯は淡々とした口調で続けた。

「この近くの海に人工湧昇を作ろうという計画があったんです。地元に反対意見も多かったし、そんなものを作ることが漁業にとって本当によいことかどうかなんていう議論がありました。でも、このへんはとにかく疲弊していますからね。これといった産業があるわけでもないし、高齢化が進むばかりで。そんなときに、持ち上がった計画だから、結局、賛成派が押し切る形になって、人工湧昇の建設が始まりました。それを受注したのが柴田建設で、正岡さんは東京から派遣されてきた技術者の一人でした」

「それがなぜ自殺を？」

　せかしてはいけないと思いつつも、尋ねずにはいられなかった。

「工事中に事故があったんです。コンクリートブロックを特殊な船で目的地に運び、海底へと投棄するんですが、その様子をビデオカメラに収めようとして、近くに待機していた小さな漁船があおりを受けて転覆してしまった。乗っていた四人が海に投げ出され、巻き込まれてしまいました。そのうちただ一人、助かったのが正岡さんでした」

「正岡さんはその責任を感じて自殺を？」

「当日は海が荒れていました。小さな船では危ないと船主は主張したそうです。ところが、正岡さんは船主の息子に高報酬を約束して密《ひそ》かに船を出させた。そのことが、明るみに出てしまったから、周囲が正岡さんを見る目は冷たかったですね。そして、その後の調べで、ビデオカメラでの撮影は正岡さんが研究成果を学会で発表するために依頼していたものだと分かったんです。正岡さんの上司は、自分のあずかり知らぬことだったといって通しました。それでまあ、会社の責任も問われはしましたが、このへんの人間は皆、三人の命を奪ったのは正岡だと言うようになりまして。確か、業務上過失致死罪で起訴されたと思います。実刑は免《まぬか》れたようですが、会社も解雇され、家に閉じこもるしかなくなってしまって」

「ちょっと待ってください。池野さん、いえ、正岡さんはそちらに住んでいたんですか？」

「ああ、そのことを話していませんでしたね。奥さんがこっちの人なんですよ。だから志願してこっちに赴任してきたそうです。優秀な技術者だったそうで、こんな田舎にくすぶるような人ではないんですが、奥さんのお父さんが、心筋梗塞をやってからずっと地元の病院に入院していて、やむをえなくといったところでしょうか。私はわりと彼と仲がよかったものですから、飲みにいったときに、そんな話を聞きました。人工湧昇の建設が終了した後も、何年かはここに残って、データを取る仕事なんかをするんだと言っていました」

自分と似ている。恭子はとっさにそう思った。

と同時に、自分にとって大切な瞬間をビデオカメラに収めたいと願った彼の気持ちが胸に迫った。正岡はその映像を自分の最後の晴れ舞台を飾るものにするつもりだったのだ。

だが、感傷的な気分になっていてもしようがなかった。今の自分がすべきことは、正岡に共感することではなく、正岡を捜し出すことだった。

それにしても不思議なことがあった。池野が本当に正岡だとしたら、正岡はなぜ自殺したということになったのだろう。

「そのへんは私もよく分からないんです。そして、私から話せるのはこれだけです」

佐伯は静かに言った。

「正岡さんの奥さんの連絡先って分かるでしょうか」

佐伯は少しの間、ためらったが、どうせ調べればすぐに分かるでしょうからと言って、今井《いまい》酒造の名を挙げた。

「それってもしかして、青輝を製造している？」

「よくご存知ですね。奥さんの実家だそうです」

いつの間にか三十分以上が経っていた。恭子は佐伯に礼を言うと、そっと受話器を置いた。

今聞いたばかりの話が、頭の中でぐるぐると回っていた。正岡という男の思いが、そっくり自分の中に流れ込んできたみたいだ。しばらく動きたくないような気分だった。

美紀のことが頭をよぎった。彼女は正岡から、この話を少しでも聞けているのだろうか。何も知らないでいるとすると、ひどく不憫《ふびん》に思えた。

「話はだいたい聞こえたよ」和夫がソファに腰を下ろし、こめかみのあたりを指で揉んだ。

「で、どうするつもりだ？」

「とりあえず奥さんに連絡をしてみる」

恭子はＮＴＴの番号案内サービスで今井酒造の番号を調べると、すぐに電話をかけた。電話に出た男は、従業員だと名乗り、奥さんは旅行に出ていると言った。その他の家族はいるかと尋ねたが、誰もいないと言う。

従業員でも正岡の事情を知らないわけではないだろうと思って、正岡の名を出した瞬間、電話は切れた。

正岡がどんなふうに扱われていたのか、分かるような気がした。受話器を置いて和夫を振り返る。

「奥さん、旅行中だって」

「例の人が、そうなんだろうか」

「おそらくね。もしかしたら、こっちにまだいるかもしれない。でも、奥さんに話を聞けたとしても、池野さんの居場所が分かる可能性は低いってことだよね。たぶん、彼女もぜんぜん知らないだろうね。状況から考えるとたぶん新聞を見てこっちに飛んできたんだろうから」

池野は正岡だった、と思い出したけれど、こうして和夫と話している分には、池野と呼ぶほうがしっくりくるような気がした。

「そうだな。あと当たってみるべきなのは、池野さんが勤めていた柴田建設かな」

「いや、それよりも、帝都大学の若水っていう准教授だと思う。どういうからくりなのかは分からない。でも、池野さんは別人になりすました。それだけなら、一人でもなんとかなることかもしれないけれど、三宅の水産試験場に彼を紹介した人間がいるでしょう。その人はすべてを知っていたと思う。若水が全く何も知らないということはないと思う」

「分かった。じゃあ、俺は今の話をざっとまとめて皆に知らせる。この周辺の旅館やホテルに正岡あるいは今井という名の女性が泊まっていないかどうか調べてみる。ああ、これは粟野さんに頼んだほうが早いかもしれないな」

「うん。鈴木さんから、粟野さんに、奥さんの外見を説明してもらって、偽名で泊まっていても分かるようにしたほうがいいね。それで、私は東京、行って来るわ」

　和夫が目を丸くした。

「電話じゃダメなのか？」

「若水には以前、一度会っているの。そのときには偽名ということは考えていなかったから十分に話を聞けていないの。そして結構、やり手っていうかんじだったから隠すと決めているならそう簡単には口は開かないはず。電話だとはぐらかされてしまうと思う。だから……」

「了解。行ってこいよ。でも、考えてみるとその若水っていう人にしても、池野さんの居場所まで分かるかどうか」

心配そうに眉を寄せる和夫を恭子はぐっと睨んだ。和夫が慌てたように背筋を伸ばした。

「まあ、やってみるべさ。俺は引き続き、池野さんにメールで呼びかけてみる」

「うん。頼む」

いったん家に戻ってから、空港へ向かえば、午後の早い時間には東京に着けそうだった。恭子は鞄をつかむと立ち上がった。


家に戻ると、茶の間に民子がいた。その隣に美紀の母親が背中をまるめてちんまりと座っていた。白髪交じりの髪が、べっとり額に張り付いている。まだ美紀は帰っていないのだと一目で分かった。

「恭子ちゃん、美紀がまだ帰ってこないんだわ。どうしよう」

「私も心当たりを捜してみます」

「何か知っているんでないかい？　あの子のことを」

祈るような目で見つめられて、心が折れそうになった。でも、やっぱり池野のことは口にするべきではないと思った。心配をいっそう募らせるだけに終わる。

「本当に知らないんです」

恭子は、自分に向けられている視線を振り払うようにして二階へ上がった。ジーンズのままでかまわないかと一瞬、考えたが思いなおしてスーツに着替えた。もしかしたら柴田建設にも寄ることになるかもしれない。小型のボストンバッグにとりあえず二泊分の下着とカットソー、洗面具などを詰め込む。

自分がやっていることに意味があるのか。

そんな疑問が胸をよぎったが、もうここまできたら、最後まで走り抜けるまでだ。そして、必ず池野と美紀を見つけ出してみせる。

◆

地下鉄の駅から階段を上り地上に出た。とたんに汗がにじみ出た。

暑い。二十五度はあるのではないだろうか。ウールのスーツを着てきたことが恨めしい。上着を脱いで腕にかけ、帝都大学の正門に向かって歩き出す。若水に事前連絡は入れていない。アポなし訪問だ。いなければ戻ってくるまで待つつもりだった。

そういえば、会社員だったとき、得意先の病院の事務長のアポイントがなかなかとれなくて、病院の正面ロビーで待ち伏せをしたことがあった。職員が裏口から出入りすることを知らなかったために丸一日無駄にした。しようもない思い出だが、懐かしく思えた。

だが、緩みかけた頬を恭子は再び引き締めた。

この間来たばかりだから、迷うことはなかった。八号館の確か九階だったはずだ。近代的なビルに入り、まっすぐエレベーターへ向かった。二基のうち一基がちょうど降りてきたところだった。ドアが開く。

その瞬間、恭子は声を上げた。自分の運の強さが信じられない思いだった。

エレベーターから出てきたのは、池野のアパートの前でちらっと見た女だった。女は肩を落とし、うつむいていた。憂いを帯びたまなざしは、はっきりと記憶に残っていた。ショートカットの髪と、引きずるような足取りでエレベーターから出てくる。恭子のことなど視界にも入っていないようだった。

「正岡さんっ。正岡さんじゃありませんか？」

恭子が呼びかけると、女はびくっと体を震わせた。目に問いかけるような表情が浮かぶ。

「三宅町のものです。川崎恭子といいます」

恭子がそう言うと、女の両目が大きく見開かれた。そして、みるみるうちに涙が溢れ出した。

「やっぱり……。主人は生きているんですね」

かろうじてそれだけ言うと、女は両手で顔を覆った。そして、声を上げて泣いた。細い肩が痛々しいほどに揺れていた。背後から歩いてきた学生が、奇妙な動物を見るような目つきで二人を見た。

　エントランスを背にするように、ソファが置かれていた。ちょっとした待合室のようになっている。

「とりあえず、あっちで座りませんか」

　恭子が言うと、女は顔を覆ったまま小さくうなずいた。

　隣り合って座ると、女は正岡清美《きよみ》と名乗った。

「主人は生きているんですね」

　もう一度、念を押すように言った。

「池野勇介さんが、正岡晋さんと同一人物ならそういうことになります。ただ、今現在、行方が分からなくて、私は彼を捜しています」

　清美は歯を食いしばるようにして、しっかりと首を縦に振った。こみ上げてくる思いを飲み下すように喉を動かすと、低い声で話し始めた。

「新聞の写真を見ました。横顔がちょっと写っていただけだったけれど、すぐに主人だって分かりました。主人は自殺したってことになっていたんですが、私、それを直接確認したわけではないので、完全に信じてはいませんでした。ずっと、もしかしたらという思いがぬぐえずに、生きてきました。それに、池野勇介という名前には、覚えがありました」

「もしかして、青輝を注文したからですか？」

「ええ。実家の商売を手伝っているものですから。あんなに遠いところに、ウチのお酒をひいきにしてくれるお客さんがいるって、嬉しいなって思ったことがあって、記憶に残っていたんです」

清美は気持ちを落ち着けるように、自分の胸のあたりを軽く叩いた。

「すぐに試験場に電話をかけてみました。でも、不在ということで取りついでもらえませんでした。電話がほしいとメモだけは残してもらいましたが、かかってくることはありませんでした。それで思い切って三宅町の試験場まで行ってみました。そうしたら、長期休暇をとっていると言われました。そこで私は自分の失敗に気付きました。主人は……。私があの人が生きていることに気付いたことを知り、私から逃げたんです」

清美はそう言うと、まぶたを指で押さえた。

なぜ、池野は彼女から逃げたのだろうか。そもそも、なぜ自殺したことになっているのか。分からないことがたくさんあったが、清美の言葉を待とうと思った。矢継ぎ早に質問を浴びせていいようなことではないように思えた。

「アパートにも誰もいませんでした。出直そうと思って、階段を降りかけたところ、隣に住んでいる人が戻ってきたんです。思い切って話しかけてみました。とっさにお見合いの相手の調査をしているという嘘を思いついて、姪《めい》のために調べにきたんだけど、どんな人だろうかと尋ねてみました」

そこで清美は唇を強く噛んだ。血が出るのではないかと心配になるぐらいだった。

「女の人が出入りしているという話でした。しかも、すごくきれいで若い方だとか。それを聞いて、私、動揺してしまって、情けないことですけど、逃げ帰ってしまいました。主人が全く別人として生きていて、しかも新しい女性と交際している。そのことを考えるとひどく混乱してしまって。でもやっぱり生きているなら会いたいと思って」

恭子は、なんといっていいか分からなかった。その女性は自分の親友で、おそらくは今、あなたのご主人と一緒にいる。そんなことを、清美に告げられるはずもなかった。

同時に、美紀に対して後ろめたい気持ちで一杯になった。この人を池野に会わせるということは、親と故郷を捨ててまでついて行こうと決めた人をあきらめろと、彼女に宣言するようなものではないだろうか。

気持ちがぐらつきかけたが、とにかく今は池野の居場所を捜し出すことが大事だと思って気を取り直した。

「池野さんの行きそうな場所って、心当たりはありませんか？」

「正岡です」と訂正してから、清美は力なくうな垂れた。

「主人の実家は東京にあるんです。一応、顔を出してきましたけど、立ち寄った形跡はまったくなくて。私、仏壇でお線香をあげてきました。思いつく限りの知人の家にも電話しましたが、みんな私の気がふれたんじゃないかって思ってるみたいで、相手にしてもらえなかったんです。彼は自殺したことになっているのですから。でも、やっぱり生きていたんですね」

ふと恭子は清美の薬指に銀色の指輪が光っているのに気付いた。この人は、死んだとされていた池野のことをずっと思い続けながら、この何年間かを過ごしてきたのだろうか。

佐伯の話によると、地元の人たちが池野を見る目は冷たかったというから、清美だって肩を縮《ちぢ》めるようにしてひっそりと生きてきたに違いない。池野をうらんだこともあるだろう。それなのに、こうして必死に彼の行方を追っている。

美紀のことが頭をよぎった。彼女もまた池野を強く思っている。そして美紀は親友だ。それでも、清美を池野に会わせてやりたいという気持ちは、抑えることができなかった。

「私、どうしてもあの人に会わないといけないんです」

そう言うと、清美はすがりつくような目で恭子を見た。

「川崎さんも、若水先生が何か知っていると思って、ここに来たんですよね」

恭子は力強くうなずいた。

「三宅の試験場に就職する際に、若水先生の上司にあたる人の紹介を受けています。残念ながらその方は亡くなっていますが、その弟子にあたる若水先生が、何も知らないとは思えないんです」

「私、一時間以上も食い下がったんですよ。だけど、何も知らないの一点張りで」

「これから二人で行ってみましょうよ。二人で行けば、若水先生も言い逃れができないんじゃないでしょうか」

清美が目に涙をためてうなずいた。そして、ハンドバッグから大判のチェック柄のハンカチを出して目元をしっかり押さえた。

エレベーターで九階まで昇り、若水の部屋のドアをノックした。返事が聞こえたので遠慮なく扉を開けた。デスクから顔を上げた若水の目が、大きく見開かれた。

「あなたは確か北海道の三宅町から来た……。正岡さん、どうしてこの人と？」

恭子は部屋に足を踏み入れた。

「その理由は先生が一番よくご存知じゃありませんか。池野さん、いえ、正岡さんの居場所を知っていたら教えてください。私たちはどうしても彼に会いたいんです」

「そういわれても困りますよ。知らないものは知らないんだから。僕の親友の正岡は二年前に自殺した。そして、池野って言う人を僕は知りません。それ以外に、話すことは何もない」

「ごまかさないでくださいっ！」

悲痛な声で清美が叫んだ。

「主人が生きているなら、どうしても会う必要があるんです。私があの人を追い詰めたのだから」

清美はそう言うと、こらえきれなくなったように声をあげて泣き始めた。恭子には清美の言うことがよく理解できなかった。池野を追い詰めたとはどういうことなのか。二年前に自殺したとされた事件のことか、今回の件を指しているのかも定かではない。頭がこんがらがってきそうだ。若水は、奇妙な目つきで清美を見ていたが、「とりあえず座ってはどうか」と言って、壁際に立てかけてあったパイプ椅子を広げた。

「奥さん、落ち着いてください。正岡は亡くなったんですよ。遺書もあったし。あれは不幸な出来事でした。僕もいまだに信じられないし、信じたくないと思っています。でも、死んだものは還《かえ》らないわけだから、奥さんも新しい人生をみつけないと」

諭《さと》すように若水が言った。

「あの遺体は別人のものだったんじゃないですか？　白骨化していて誰だか分からないような状態だったんでしょう」

「遺書があったじゃないですか。洋服だって、靴だって正岡のものだった」

「それはもちろん知っています。私の手元にありますから、だけど、白骨化した誰だか分からないような遺体だったわけでしょう？　それに私は遺体を見ていないんです。勇気がなくて確認に行けませんでした。叔父《おじ》に任せてしまいました」

清美は泣くまいとするように、歯を食いしばった。若水が意外なことを聞いたといわんばかりに目を瞬いた。

「どうして、確認しなかったんですか？」

清美は一瞬、おびえたように体を引いた。目が揺れている。だが、覚悟を決めたように、目を閉じるとつぶやいた。

「彼が自殺をしたなら、それは私のせいだっていう気がしたから」

恭子は我慢できずに口を開いた。

「なんで奥さんのせいになるんですか？　事故に対する自責の念って考えるのが普通ではないでしょうか」

清美は頑《かたく》なに首を横に振った。

「私のせいです。当時、周囲が私たちを見る目は冷たかったんです。あんな事故を引き起こした人間は、町から出て行けっていうかんじで」

清美はその頃のことを思い出したかのように、顔を苦しげにゆがめた。

「店のシャッターには毎日のように人殺しってマジックで書かれました。無言電話も何十回も。家にものが投げ込まれたり、酒蔵の前に猫の屍骸《しがい》を置かれたり……。ありとあらゆる嫌がらせを受けてても、私たちは家で縮こまっているしか術《すべ》がなかった」

「引っ越すという手はなかったんですか？」

若水の問いかけに対し、清美は目を伏せた。

「私の父が入院していて、転院できるような状態ではなかったんです。だから、あの場に私たちはとどまるしかなかった。ですが、そんなふうだったので商売のほうはさっぱりで、一緒にやっていた叔父は次第にお酒を飲んで、あの人に当たり散らすようになったんです。毎晩のように酔っ払っては、あの人に『死んでお詫《わ》びをしろ。そうすれば、ウチは昔みたいに商売をやっていけるようになるから』と、何度も何度も言いに来て……」

恭子は思わず唾を飲み込んだ。

自殺なんて考えたこともなかった。だが、池野の立場に自分が置かれたら、死にたいと思っても不思議ではなかった。でも、その前に、姿をくらますような気がした。

恭子の疑問を感じ取ったように、清美はうっすらと微笑《ほほえ》んだ。ぞっとするような悲しい笑いだった。

「あの人は、何も言わず、震えているだけでした。そんな姿を見ていると、だんだんあの人に対する怒りがわいてきました。私たちの暮らしをめちゃくちゃにしたのは、あの人だって思うようになったんです。海が荒れているのに札びらで若い人の頰をはたくようなマネをして船を出させるなんて。そして、自分だけ生き延びるなんて……。それで、思わず言ってしまったんです」

清美の喉が大きく動いた。

「あなたが死んでくれたら、私は楽になるのにって」

恭子は顔を伏せた。清美を責める気にはなれなかった。だけど、池野の受けた衝撃も十分に想像がついた。

「その夜のうちに主人は家を出て行きました。捜そうという気にはなりませんでした。主人の失踪は、町の人たちの間で噂になりました。私たちに対する周囲の視線も、多少は和らいだような気がしました。私たちも、正岡の被害者だって認めてもらえたんだと思います。しばらくたってから主人の死体が見つかったっていう連絡を受けたときには、ほっとしたぐらいです。でも、父の容態が落ち着き、商売も再開してみると、自分があの人に言ったことが、どんなに罪深かったか、分かってきました。どうしようもなく、後悔しました。私はあの人の妻だったんです。最後まであの人の味方をすべきだったのに、それと反対のことをしてしまった」

清美は泣くまいとするように、歯を食いしばった。目が異様に見開かれていた。自分を極限まで責めると、人間はこんな表情を浮かべるのだろうか。

「私があの人を追い詰めたんです」

そう言うと、清美は体を二つに折るようにして頭を下げた。

「お願いします、若水さん。主人から口止めされているんでしょう。でも、どうしてもあの人に会わなきゃならないんです」

背中が小刻みに震えている。同じリズムで嗚咽《おえつ》が漏れている。

恭子の目にも涙がにじんできた。ししゃもどころの話ではないと思った。いや、三宅にとってはししゃもは大事だ。そしてもう一つ。美紀のことがある。彼女が三宅を離れて池野と二人で幸せに暮らせるならば、それでかまわないけれど、そんな過去を背負った男と一緒にいて、幸福になれるとは思わない。

おせっかいというものだろうか。強引と言われてしまうだろうか。でも、それでもかまわないと思った。

「私からもお願いします。実は、三宅町の女の人が一人、行方不明なんです。私の友達で、池野さんと交際していたようなんです」

伏せたままの清美の背中がこわばるのが分かった。でも、ここは心を鬼にして、最後まで言わなければならない。

「彼女の両親はひどく心配しています。私も心配です。彼女をこのまま放ってはおけません。池野さんの失踪届けは警察に出してあります。もし、若水先生が何も教えてくださらないなら、奥さんにも協力していただいて、正岡さんが池野勇介として三宅町へやってきた経緯を警察に洗いなおしてもらおうと思います」

若水の額に脂汗がにじんでいる。だが、彼は首をしっかりと横に振った。

「知りません。本当に知らないんです。もう勘弁してください」

そのとき、恭子の携帯電話が鳴った。張り詰めていた空気が一気に緩んでしまった。

「どうぞ」と若水がそっけなく言う。

和夫の番号が表示されている。一応出てみることにして、通話ボタンを押した。

「恭子か！　池野さんから連絡があった。彼の携帯電話からメールが送られてきたんだ」

「えっ、本当に？」

全身から力が抜けていくようだった。だが、和夫の次の言葉を聞いた瞬間、体中の血液が流れを止めたような感覚に襲われた。

「それが、まるで遺書のようだったんだ」

隣に座っている清美が悲痛な声を漏らした。若水は両手を膝に置いたまま、かっと目を見開いている。和夫の声は大きい。会話が筒抜けだったようだ。

「で、どこにいるかは分からないの？　美紀のことは？」

心臓が暴れまくっている。もし、最悪の事態になったらどうしよう。ししゃもなんてこの際、どうでもいい。美紀が今、死にかけているかもしれないのだ。

「警察が発信地域を特定してくれている。千葉県の館山《たてやま》のあたりらしいけど。それより、美紀ちゃんがどうかしたのか？」

「多分、池野さんと一緒なの。警察にそう伝えて」

若水が突然立ち上がり、恭子の手から携帯電話を取り上げた。なす術もなかった。若水は携帯電話を持ったまま、引き出しを開け、手帳を取り出した。

「今から言う住所をメモしてくれ。館山市にある帝都大の海洋実験所なんだが、番地は……」

恭子は息を吸うのも忘れていた。やっぱり若水は知っていたのか。

慚愧《ざんき》に堪えないとはこのことだ。もう少し早く別の形で若水の口を割らせていれば、人が死なずにすんだかもしれないというのに。

いや、まだ死んだと考えるのは早計だ。でも、携帯電話の発信地から大まかな場所を探知できることぐらい池野だって知っているだろう。

胸が苦しくなって、恭子はあえいだ。

「現地の警察をそこへ急行させてくれ。頼んだぞ」

若水はそれだけ言うと、電話を切って恭子に差し出した。

「……申し訳ない。こんなことになるとは思わなかった。ちょっと前にしばらく身を穏したいから実験所のカギを貸せと言ってきた」

「私……」

恭子は虚しく唇を動かした。かすれた声しか出てこなかった。

そのとき、石のように動きを止めていた清美が、突然自分の鞄から携帯電話を取り出した。

「主人の電話番号を教えて。メールのアドレスもお願い」

若水が自分の携帯を取り出して清美に番号を告げた。清美が即座に指を動かし始めた。

瑞垣和夫は、若水から告げられた住所を、そのまま警察に伝えた。須藤美紀が一緒にいる可能性があることも。また、若水という男が帝都大学の准教授だったことも思い出して付け加えた。

電話を切ると、ソファに座り込む。空気が薄くなったような気がして、口で呼吸をした。

分からないことだらけだった。須藤美紀がなぜ、池野と一緒にいるのか。またもや恭子に隠し事をされたのかと思い、舌打ちをしかけたが、今はそんな場合ではないと思いなおした。

遺書のようなメールには、自分は過去に重大な事故を引き起こしたと書かれていた。刑事的な罪は問われなかったが、死んでお詫びをしたいと書いてあった。重大な事故とは何を指すのか、現段階では分からなかったが、いずれ明らかになるだろう。

メールには虹色ししゃもの栽培方法が添付ファイルでついていた。和夫にはもちろん、その内容はよく分からなかったが、鈴木たちがなんとかしてくれるだろう。

今、自分がやるべきことは何か。

考えられることは一つだけだった。

ママチャリレースの練習をした後、池野と川べりを一緒に自転車で走りながら、青年部の飲み会に参加しないかと誘ったことを思い出した。池野は断ったが、その前に一瞬、彼の目が明るんだことを自分は忘れていない。

何が彼の過去にあったのかは知らない。だが、彼が責任を感じながら、自分を押し殺し、ひっそりと生きようとしていたことは十分に分かった。飲み会などにうつつをぬかす気にはなれなかったのだろう。

人付き合いが悪い気取った変わり者というのは、彼の本当の姿ではなかった。それを見抜けなかった自分が悔しかった。

和夫はパソコンに飛びつき、メールを打ち始めた。

「帰ってきてください。一緒に虹色ししゃもを作りましょう。そして飲みに行きましょう」

そこにあわただしく進藤が飛び込んできた。

「和夫ちゃん、池野さんから連絡は?」

「いえ、ただ、恭子が会いに行った若水という人が、池野さんの居場所に心当たりがあるといっていたので、警察に連絡しました」

「そうか」

進藤の頬は興奮のせいか、赤く染まっていた。

「ウチのお客さんでメールを使っている人に、池野さんにメールを送るように伝えたさ。事情はよく知らないが、死なせるわけにはいかないべ」

「そうですよね」とうなずいていると、粟野安江も太った体を揺らしながらやってきた。

「どういうことさ？　まだ見つからないのかい？」

「残念ながら、そうみたいです」

「なんとかせねば。メールは送ってみたんだけど。あんたほどの男前が、そんな年で死ぬ必要ないって書いてやったさ。結局、あの人は律儀《りちぎ》な人だったんだねえ。金とか女とかの問題ではないと思っていたよ。虹色ししゃもの作り方を書いてくれたんだろう？　私たちのことを考えてくれたってことだよねえ」

進藤が力強くうなずいた。

「池野さんは、我々の仲間ってことさ。絶対に死なせるわけにはいかない。池野さんのことを知っている人に、もっと声をかけてメールを送ってもらおう」

「ああ、それはいいねえ。私も協力さしてもらうわ。なんて書いてもらうのがいいのかねえ」

額に吹き出した汗をぬぐいながら粟野安江が言う。

「一緒に虹色ししゃもの町を作りましょう、ってことでいいんでないかい？　あまり池野さんと親しくない人もいるわけだし。したら、和夫ちゃんはここで待機していてくれ。警察から何かあったら、すぐに知らせておくれよ」

進藤と粟野安江があわただしく出て行く。和夫は再びパソコンに向かった。

鈴木は小峰や宮田とともに、場長室のパソコンの画面を凝視していた。

「なるほど。成分Aっていうのは、深層水を凝縮したものだったのか……」

「鈴木さん、そんなことに今感心している場合じゃないでしょう。それより、池野さんを止めないと」

わめくように小峰が言う。

「おお、分かった。メールを打とう。なんて書けばいいか？」

宮田がぼそりと言った。

「こういう場合、簡潔なほうがいいんじゃないですか？　一緒に虹色ししゃもを作りたい。池野研究員を待っている。三宅水産試験場研究員一同」

「そうだな」

鈴木はキーボードを叩き始めた。

「僕も自分の携帯から打ってみます」

小峰が携帯電話を取り出した。おそらく、多くの人間が同じことを考えているだろう。

鈴木は池野の顔を思い浮かべた。

過去を偽っていたことは、腹立たしい。だが、彼は虹色ししゃもの話が出るまでは、実に淡々と任務をこなす真面目な男だった。
――過去に何があったかは知らないが、今のお前を俺は信頼している。場長・鈴木
メールの最後に付け加えた。頼りになるリーダーは、部下を信頼するものだ。これで間違いないはずだ。
メールを送信すると、鈴木は「商工会に行って来る」と言って席を立った。

恭子は美紀の携帯電話に何度もかけなおした。電源は入っているようだ。だが、留守番電話サービスにつながってしまう。あるいは、話し中。話し中の原因というのは、察しがついた。警察か、あるいは美紀の両親が、自分と同じく祈るような思いで、彼女の電話を鳴らしているはずだ。

回線を独占してしまうのはまずいと考え、メールを打つことにした。

隣を見ると、清美も池野を電話で捕まえることができなかったようで、必死の形相《ぎょうそう》でメールを打っている。

再び自分の携帯の画面に視線を戻した。

「死なせたくない。友達だから」

なんの工夫もないと思った。でも、心を打つ文句など、こんなときに考え付くほうがど

うかしている。送信ボタンを押すと、若水が上着を羽織っているところだった。

「現地へ行こう。車を出すから」

恭子と清美は、はじかれたように立ち上がった。


それからどうやって館山までたどり着いたのか、よく覚えていない。夕方にかかる時間でラッシュの東京を出るまでに、苛立たしくなるほどの時間がかかった。

清美と競争するように、メールを送り続けた。見てくれているかどうかなんて、この際、関係がなかった。死なないでくれ、という自分の思いを電波に乗せて相手のところに届ければ、なんとかなるのではないかという子供じみた考えだったかもしれない。

途中、和夫から連絡が入った。

体が震えた。和夫の声を聞くのが怖かった。

「美紀ちゃんが海洋実験所に併設されている合宿所で見つかった。睡眠薬を飲んでいるらしいけど無事だって」

全身から力が抜けていくようだったが、隣で目を閉じ、震えている清美を見ると、その先もしっかりと聞き届けなければならないと思った。清美にも聞こえるように、電話を顔から少し離した。

「池野さんの姿は見当たらないそうだ。メールで送ってきたのとほぼ同じ内容の遺書がテーブルにおいてあるって」

清美が泣き崩れた。和夫は現地についたら連絡をいれてくれと言って電話を切った。

「おい、どうなんだ！」

運転席から、ルームミラー越しに若水が睨みつけてきた。

「池野、いえ、正岡さんの姿は見当たらないそうです。私の友達は無事だそうです」

若水がハンドルを握ったまま、咆哮《ほうこう》を上げた。

そのとき、メールの着信を知らせる音が鳴った。若水の咆哮にかき消されそうな小さな音だったが、清美が飛びつくようにして携帯を開いたのでそうと分かった。

池野からだろうか？

のぞきこみたかったが、両目を見開き画面を凝視している彼女は、目に見えないバリアを自分の周囲に張り巡らせているようで、とても体を寄せられない。彼女の目からは、涙が流れていた。それでも、赤い目で画面を凝視していた。

「奥さん、正岡からですか？」

沈黙に耐えられなくなったかのように若水が尋ねた。清美が首を横に振る。

「迷惑メール。こんなときに……」

清美はそうつぶやくと、膝に頭をこすり付けるようにして、再び泣き始めた。こんな泣き方をする人を見たことがなかった。慟哭《どうこく》するという表現をたまに本で見かけるけれど、実際にどんなものか分からなかった。今、目の前で体を折るようにして泣いている彼女は、慟哭しているようにしか見えなかった。

「奥さん、まだそうと決まったわけではないですよ。気を確かに持ってください」

若水が励ますように言った。恭子も清美の肩に手をかけた。細いけれど暖かいそれは、まるで熱病にかかっているかのように、激しく震えていた。

この人は死ぬつもりではないだろうか。そんな気がした。

「とにかく飛ばしますから」

若水は宣言するように言うと、車のスピードを速めた。

海洋実験所のそばにある館山病院のベッドで美紀が目覚めたのは、夜中になってからだった。

「私……」

まぶたを半分閉じたまま、かすれた声を出す美紀の髪を恭子は撫でた。

「大丈夫。もう大丈夫だから」

「……恭子？」

美紀が自分の姿を認めたのが分かった。意識がはっきりしないのか、しきりに瞬きをしている。童女のような表情が、整った顔に浮かんでいた。どれぐらいそうしていただろうか。美紀がふいに上体を起こそうとした。

「ダメだよ、寝てないと」

肩を押そうとしたが、美紀は恭子の手を振り払うと、髪の毛を振り乱し、周囲を見回した。体が震えている。さっきまでは、赤かった唇も白っぽくなっている。美紀は自分の体を自分で抱きしめるようにして、がたがたと震えていた。

「池野さんは？　あの人はどうなったの」

聞き取れないような小さな声で美紀が尋ねた。

「後でね。今は体休まないと」

今、現実を告げるのは酷すぎるように思えた。自分がその役割を担《にな》うのがいやだったのかもしれない。だが、美紀はそんなことで、収まりはしなかった。

恭子の腕を思いがけないほど強い力でつかんだ。

「どうなったの？　私たち、一緒に死ぬはずだったのよ。メールを送ったの。そして睡眠薬を一緒に飲んだの。ねえ、まさかあの人だけ死んじゃったわけじゃないわよね」

恭子は首を横に振った。

嘘ではなかった。池野の遺体は発見されていない。彼は忽然《こつぜん》と姿を消したのだ。

「私、あの人が消えてからずっとメールを送っていたのよ。私だけじゃなくて、町の人たちも池野さんが必要だって。そうしたら、この前返信があって……。それで私、池野さんが指示したとおりに、試験場から瓶を持ち出してここに来たの。恭子たちを裏切っているんじゃないかって思った。だけど、そうしないと、あの人に会ってもらえないような気がしたから」

美紀は、自分がしゃべり続けていない限り、悪い知らせを恭子が口から吐くと思っているかのように、まくしたてた。

「だって、私はどうしても池野さんに会わなければならなかったの。なんとかあの実験所にたどり着いて、過去のことも全部聞いたわ。だから一人で帰れって言われたけれど、そんなことできるわけないでしょう。だって……」

そういうと、美紀は初めてそこで気がついたように、自分の腹部に手を当てた。

「お医者さんが赤ちゃんは大丈夫だって言ってたわ」

美紀は泣き笑いのような表情を浮かべた。そして、天井を見上げた。涙が頬を伝って滴《したた》り落ちている。睡眠薬の残骸が体内にこびりついているせいか、美紀の顔色は悪かった。それでも、彼女の横顔は天使のように見えた。

「死んではいないのね。でも、いなくなったのね、あの人は。私を置いて……」

美紀は聡《さと》い。すべてが分かったようだった。自分からその事実を告げずにすんだことで、恭子は少し胸が楽になった。

「遺書が残っていたわ。落ち着いたら読むといい」

ている。

「今読む。すぐに出して」

美紀は恭子に向かって右手を突き出した。涙はこぼれているけれど、唇は気丈に結ばれている。

これなら大丈夫だろう。

恭子はベッドサイドの引き出しに入れてあった池野の遺書を、美紀に手渡した。そして、部屋の外に出た。

渡した遺書の表には美紀の名前が書かれていたから、もちろん中身は読んでいない。だが、それとともに、試験場の人間にあてたもう一通に、大まかなことは書かれていた。

短い期間に過ぎなかったかもしれない。でも、池野は美紀を心から愛したのだと思った。そして、彼女を生かす道を選んだ。

そのとき、エレベーターの動く音がした。小太りの女が転がり出てきた。続いて、小柄な男が。美紀の両親だった。

「ああ、恭子ちゃん！　美紀は？」

美紀の母は、目を真っ赤にしていた。三宅町から釧路、羽田経由でここにたどり着くまでずっと泣き通しだったのではないかと思えるほどの色だった。

「ここの部屋です」とドアを指すと、まるでネット近くに落とされたフェイントを拾うためにダッシュするテニスプレーヤーのように、すばやい動きで部屋に駆け込んだ。遅れをよさそうだ。
悲鳴のような声が上がった。そして、泣き声が上がった。生きていると連絡を受けていても顔を確かめるまでは、心配だったのだろう。しばらく部屋に入るのは遠慮したほうがよさそうだ。

「美紀！」

とるまいと父親も続く。

廊下の壁に背中をもたせかけ、恭子は池野の遺書に書かれた文字を思い出した。縦書きの便箋にボールペンで几帳面《きちょうめん》に綴《つづ》られたそれには、二年前に自分の失態で三人の若者を結果的に死に至らしめたことの責任を取って自殺すると決めたこと。死に場所を求めて森をさまよっているとき、偶然、首吊り自殺をして、半ば白骨化した死体と出くわしたこと。それを見ているうちに死ぬのが怖くなったこと。死に場所を求めて旅をしていたので、余分な衣服を持っていたことから、その死体を自分の身代わりにすることを思いついたことなどが細かく書かれていた。

そして死体が完全に白骨化したと思われる一ヶ月後、その場所に遺体があるという匿名の電話を警察にかけたところ、彼自身の遺体として処理されたという。その後、どういう経緯で池野勇介という客死した別人の戸籍等を手に入れたかは、明記されていなかった。

吾妻に迷惑がかかることを恐れてのことだろう。

恭子は病室からもれてくる泣き声を聞きながら病院で警察に簡単な事情聴取を受けた

後、若水が待合室で話してくれたことを思い出していた。

「吾妻先生が昔、話していた。ウチの大学の理学部を出た縁戚の男がいて、タイに留学しているが、奥地に旅行に行った際に亡くなったらしいって。放蕩モノで親から愛想を尽かされているから、誰も迎えに行かない。自分が行ってやろうとしても、余計なことをすると言われてしまってどうしようか迷っていると。吾妻先生が池野を名乗れとあいつにすすめたとき、その縁戚の男になりすまさせるんだろうと思った」

「若水先生は、正岡さんが生きているっていつ知ったんですか？」

若水は苦々しそうに舌打ちをした。

「どうせ警察には話さないといけないだろうから言っておく。二年前。ホームレス同然の身で新宿をうろついているあいつを見つけちまったんだ。本人の葬式に出た後だったから、まさかとは思ったけど本人に間違いなかったので、吾妻先生に相談したんだ」

「でもどうして、別人になるなんて無茶なことを手伝ったんですか？」

若水は深いため息をついた。

「自分の姿かもしれないと思ったからだ。正岡と俺は、同じ研究室で同じぐらいの成績。まあ親友って呼んでいい間柄だった。だけど、俺の家はこういっちゃなんだが金持ちだったから、大学に残った。あいつの家は金がなかったから就職した。一度だけ酔って、好きなことが一生できるお前が羨ましいって言ったんだよ、あいつ。吾妻先生もおそらく同じような気持ちになったんじゃないかな」

あるときまで自分と同じ道を歩んでいた男の人生の歯車が狂っていくのを、見過ごす気になれなかったのだ。

何がいけなかったのか。恭子にはよく分からなかった。事故を招いた池野をおろかだと非難するのはたやすいが、恭子もまた池野の気持ちが少しだけ分かるような気がした。

病室から響いてくる泣き声が、恭子を現実に引き戻した。そのとき、恭子は同じような泣き声をさっき聞いたことを思い出した。

慟哭という言葉が似合うと思った清美の声。

悲しすぎると、ああいう泣き方をするのかと思ったのだけれど、今、美紀の母は悲しみにくれているはずがなかった。むしろ、あまりに安堵が大きく、それで泣いているのだと思った。恭子は閉ざされたドアのむこうからもれてくる声に耳を澄ませた。

そのとき、階段を猛スピードで駆け上がってくる人影がいた。若水だ。彼は清美の付き添いをして下の階の病室につめていた。顔が青黒かった。寝ていたのか、髪の毛が立っている。いやな予感が一気に襲ってきた。

「清美さんに何かあったんですか？」

若水はしばらく恭子を見つめていたが、ふっと息を吐き出した。

「眠ってしまったんだ。うつらうつらしただけのつもりだったんだが。起きたら彼女はいなかった。警察には今、知らせたところだ。もうじきやってくる」

そういうと、若水はその場にしゃがみ、頭を抱えてうめいた。

「いったい俺は何をやってたんだ。あの人が死んでしまう。なんで寝ちまったんだ」

恭子は腰をかがめた。確信は持てない。でも、清美が今、一人で死に向かって歩いているとは思えなかった。若水の肩を軽く叩いた。

「大丈夫ですよ。死んだりしませんよ、あの人は」

メールを受けたときの清美の慟哭。あれは、安堵のためだったのではないだろうか。清美が一人で死を選ぶつもりなら、いつだってそうできる。若水の目を盗む危険を冒す必要などないのだ。

自分の想像は間違っていない。今頃、池野と彼女はどこかで落ち合っているのではないだろうか。そんな気がした。二人が死んでいないと思うと心が救われた。だが、同時に胸がつぶれるような気持ちになった。

美紀はこれからどうすればいいのだろう。

7章　虹色の海

水産試験場の場長室には、おんぼろクーラーのすさまじいモーター音が鳴り響いていた。今にも止まってしまうのではないかと心配になる。ただし、音のわりに、性能はさっぱりのようで、キーボードを叩く恭子の手のひらには汗が滲《にじ》んでいた。

鈴木に頼まれたデータ整理は、さっきからほとんど進んでいない。今朝、研究所付けで恭子に届いた一通の手紙のことが、頭から離れなかった。早く仕事を切り上げて、喫茶ティファニーに行きたかった。今日は水曜。つわりが治まった美紀が、カウンターに入っているはずだった。

美紀は三宅に戻った後、お腹の子をどうするかを巡って、両親と散々もめた。はじめ恭子も、出産したいという美紀に反対していた。池野のように複雑な過去を持つ男の子供をこんな田舎で一人で育てるなんて、チャレンジャーすぎる。

だが、美紀の決意は固かった。ふんわりとしたかっての雰囲気は失われ、母の強さみたいなものが全身から滲み出していた。そういうのを見てしまうと、反対し続けることはできず、応援することにしたのだった。

「恭子ちゃん」

鈴木に名前を呼ばれた。

「仕事のきりがついたら、お使いにいってもらっていいかね。漁協の益田《ますだ》さんところ。さっき、調査部から上がってきた漁獲高の予測表、届けてやってほしいんだ。今日はそれで直帰してかまわないから」

恭子はパソコンの電源を落とすと腰を上げた。場長秘書といえば、結構、格好がいい肩書きだけれど実態は雑用係。だが、午前十一時から午後四時までのパートタイムでよく、しかもあいている時間には、インターネットを見たり、関係各所に電話をかけ、虹色ししゃもの事業計画を練れるのだから、これ以上ない職場だった。

服装も全く秘書らしくない。今日はノースリーブのポロシャツにジーパンといういでたちだ。朝、再び走り始めたので、スタイルには自信がある。東京では「ダイエットが必要」と言われてしまう体型かもしれないが、こっちではこれが標準。むしろ健康的でよいと褒《ほ》めてもらえる。

この職場がすばらしいのは、自転車店の朝夕の力仕事は、まだ本調子ではない鉄三や、腰の悪い民子に代わってやれることだった。少なくともあと二年ほどは、この状態が続くだろう。その頃には、店を閉めてもよいような気がした。両親はそれを覚悟しているはずだし、兄もそうするのが一番だと言ってくれた。

そして三年後にはうまくいけば虹色ししゃもを初めてこの町から出荷できる。そのときのことを思うと胸が躍る。

会社を設立する計画は白紙に戻された。野々宮が奮闘したものの、浦安町の反撃が激しく、採水施設の建設計画は予算がつく見通しが立たなくなったため、いったん金は町の出資者たちにすべて返すことになったのだ。

だが、虹色ししゃもの開発費だけは、野々宮が確保してくれた。今年は細々としか実験できないが、来年になれば規模は拡大。その次の年には試験販売できるぐらいの量は獲れそうなかんじだ。

とりあえずはそこからだ。

もし、虹色ししゃもがうまくいったら、その先のことを考えればいい。勉強をしておくのは悪くないけれど、すべてをいっぺんに立ち上げようとしても無理だ。深層水ビジネスに期待を持っていた人たちは、はじめは不満を漏らしていた。だが、予算が取れそうもないということで、次第にあきらめムードになっていった。

それでも、昔と完全に同じ状態に戻ったわけではなかった。深層水でブルーベリージャムを作る予定だった主婦グループは、完全無農薬のブルーベリーを作って、高付加価値商品として売れないか、検討を始めた。

三宅商店街と旅館組合が共同で「ししゃも祭り」を開催して観光客を呼べないかと、検討を始めた。すでにししゃもでナンバーワンの鵡川で同様の祭りがあるが、それとは差別化できるものを何か考えられないか、というわけだ。

公共施設の清掃や公園の草取りなどを、住民が自ら手がけ、役場が手間賃を支払う仕組みを導入しようという提案が町議会で出たらしい。高齢の独居老人を出勤のついでに病院まで送るボランティアサービスを検討している人たちもいる。

あまりぱっとしない。たぶん、新聞種になんかならないだろう。でも、そういうことが結局は、眠っている町をおこすということで、長期的に見ると財政状況をよくすることにもつながるのだろう。もちろん、見通しはそんなに甘いものではない。お年寄りは増える一方だし、都会に出て行く若者もいる。やはり虹色ししゃもぐらいは、確実に事業として成功させなければならないだろう。

それに携《たずさ》われると思うと、身が引き締まる思いだ。そして、今年の春のししゃも騒動も、池野のことを除外すれば、悪くはなかったのではないかと思う。そして池野のことも、恭子はあきらめてはいなかった。

鈴木から資料を受け取って、階下に下りていくとちょうど小峰が外から戻ってきたところだった。自分より二つ年下のこの若者は、池野なき後、虹色ししゃもの開発プロジェクトを率いることになった。ちょっと線が細いかんじはするけれど、勉強熱心でやる気に満ち溢《あふ》れていた。そして恭子になついている。漁協や商工会にもちょくちょく顔を出し、顔つなぎをしておき、いざ事業化となったときに、資金を集めやすくしておいたほうがいいとアドバイスしたら、実験バカの自分ひとりでは難しいから、一緒に行きましょうと言ってくれた。

鈴木と相談したところ、パートの秘書という名目で雇ってもらえるようになったのも、結局は小峰のおかげかもしれない。

小峰は顔をくしゃくしゃにして恭子に笑いかけた。

「虹色しじゃも、順調ですよ。実は新しいことを考えたんです。ビッグビジネスになるかもしれませんよ。今度、詳しく報告しますから、飲みに行きましょうよ」

「和夫ちゃんも呼ぼうよ」

最近、和夫は親から店を完全に任されたらしく、本業に忙殺されていた。虹色しじゃもへの夢は消えていないが、今は目の前の仕事にまい進するしかないようだった。そのことを責めるつもりはなかった。彼もまた、この町に根を生やしている人間だった。だからこそ、直接は参加できなくても、虹色しじゃもの研究の進み具合について、小峰の報告を聞かせてやりたかった。

小峰はちょっと目を泳がせたが、快笑しながらうなずいた。

「じゃあ、あとでメールしますよ」

そう言うと、爽やかな笑みを残して階段を駆け足で上っていった。場内の人間の話によると、この春まではおとなしくてぱっとしない男だったらしい。自分も彼のことなど気にもとめていなかった。でも、今はいい仲間だと思っている。

漁協まで車を走らせながら、沿道のナナカマドの実が色づき始めていることに気付いた。骸骨のようで不気味に思えたこの町のシンボル樹は、今は親しみをこめて自分に手を振っているようだ。

自分はこの町の色に染まっていくのではない。この町とともに、色を変えていくのだ。理科実験の化学変化のように、急激には変わらないと思う。ナナカマドの実が青から赤へとゆっくりと変わっていくように、気付かないうちに少しずつ、変化を起こしていく。三宅にばら色の未来が訪れる保証なんてどこにもない。多少、郷土愛なるものが芽生えた今でも、それは強く感じる。この先にあるのは、モノクロームから白色を除いたさらに暗い色の世界かもしれない。不安はこの先も消えることはないだろう。

でも、未来は変えられる。

恭子はアクセルを踏み込んだ。

そして、一人が奮闘しても、町の色は変わらない。一人ひとりが自分でも気付かないうちに色を変えていく。色の変化が蓄積し、いつしか全体の色合いが変わっている。そんなかんじの変化が理想のように思える。

そのとき恭子の胸にひらめいた。

この町にとってもっともふさわしいのは、おそらくあのししゃもみたいな虹色だ。それが一番、似合っている。一色で塗りこめられたばら色よりも、いろんな色が複雑に交じり合い、美しい輝きを放つ虹色。そういう色が、この先、自分たちの前に広がることを期待しよう。

ししゃもは天からの使者。そんな言い伝えがある。あの虹色ししゃもは、まさにそうだ。

窓を開けて外の空気を入れた。ここで生まれ育った。ここの空気は自分は好きだ。十一月の連休を利用して、赤松を含めて何人かの同期が、遊びに来てくれることになっていた。もしかしたら、山村弘子も参加するかもしれないという。そしたら存分にふるさと自慢をしてやろう。ししゃもの寿司を食べたら、山村弘子も感激するに違いない。

漁協に着き、目的の二階で用件をすませ階段を下っていると、珍しい人が上ってきた。広い窓から海を望める踊り場で足を止め、彼が近づいてくるのを待った。

「川崎さん、ご無沙汰しています」

野々宮が上着の襟元を直しながら言った。こんな夏日でも上着を脱がないシャレものぶりは相変わらずだったが、野々宮の後ろには、町役場の若手職員が開襟シャツ姿で控えていた。まだ二十代の初めだろう。髪の毛は茶色に染めてあり、高校生に見えないこともない。

　野々宮もこの春の騒動に懲《こ》りたらしく、今度は町役場と手を組みながら、着実にこの地に根付こうとしている。それは、彼なりに考えた戦略かもしれないが、町役場のほうは大歓迎といったかんじのようだ。

「こんなところまで来るなんて、珍しいですね」

「まあ、ちょっと怒られちゃいましたけど、復活ですよ。それより、虹色ししゃもは順調のようですね。小峰さんの研究リーダーぶりも板についてきましたね」

「野々宮さんが、予算を確保してくれたから。額はそんなでもないけれど、助かっているみたいよ。将来につながる技術だってアピールしたら、結構、上層部のウケがよかったって、場長が喜んでいました」

　こんなふうに思ったことを素直に口に出せるようになったことも、この春以来の変化の一つだろう。野々宮は予算の少なさを指摘されたせいか、少し眉をひそめたがすぐに口元に怜悧な笑みを浮かべた。何かまた考えているな、とすぐに分かった。

「まあ、あれは序の口ですよ」

　案の定、野々宮は顎を上げた。

「考えたんですけれど採水施設が難しければ、例の人工湧昇。あれを作るっていうのもよいのではないかと思いましてね」

「ええっ？」

「後で鈴木さんのところに寄ってご相談させていただきますが、採水施設を作るより、人工湧昇を作れば、このあたりいったいの海が、虹色しゃもの養殖場になるんじゃないかと考えたわけです。いや、実はこれは僕のアイデアじゃなくて、試験場の小峰さんの発案なんですが」

恭子は少し考えた。そして、窓から眼下に広がる海を見た。太陽の光を浴びているせいか、海は青く見えた。沖縄並みのコバルトブルーとまではいかないけれど、九十九里浜よりは青いと思う。窓が三センチほど開いており、潮の香りが心地よく鼻をくすぐった。

「夢みたいな話ですね」

野々宮に視線を戻して言うと、彼は胸を張った。

「ビッグプロジェクトと呼んでください。川崎さんも、出番が来ます。今度こそ、期待をしていますからね」

「でも、そううまくいくものですかね。私たちには苦い共通体験もあるから。ハコモノ行政への逆風だって相変わらずだし」

皮肉をこめて言ったが、野々宮は胸を張った。

「ハコモノはダメっていう風潮があるけれど、そんなことはないと僕は思います。地域を元気にするハコモノは是非とも作る必要があるんです。それに、エコロジーですよ。時代の流れにも合う」

開襟シャツ君は、すっかりその気になっているようで野々宮の隣で大きくうなずいた。

エコロジーがなぜここで出てくるのかいまひとつ分からないところがあった。深層水ビジネスをやろうと言い出したときのように彼が暴走したら困る。彼を抑えるためにも、ちょっと勉強をしておいたほうがいいかもしれない。

「和夫さんとも近いうちに相談させてもらいます。何ができるかわかりませんが、考えます。考えているだけで楽しいし。それに、地域の人とのつながりができると、いろいろいいことがあるので」

意外な思いで恭子は野々宮を見た。彼も少し変わったのだろうか。相変わらず気取った服装だが、初めて会ったときに感じたえらぶったところは、薄れてきているような気がする。そのときなんとなく野々宮の将来の姿が見えた気がした。

役所で終わる人間だとは思っていないのだろう。たぶん政治家。道議ぐらいを目指していても不思議ではない気がした。逆に、上司の顰蹙《ひんしゅく》を買ってでも目立とう、ウケをとろうとする彼の行動は、将来を見据えてのものと考えれば、すっきり納得できる。

野々宮が、ふと真顔になった。

「そういえばあの正岡さんという人。池野さんと言ったほうがいいかな」

ここしばらく忘れていた名前が出てきた。胸がどきどきするかと思ったけれど、そうでもなかった。

「正岡さんが何か？」

「あの人がなぜ、虹色ししゃもを作りたがらなかったのか、分かった気がするんです」

それは恭子も心に引っかかっていた。美紀に成分Aを持ち出させてまで、町の取り組みを妨害しようとした彼の行動は、説明がついていなかった。美紀に聞いてみたが、彼女も分からないという。

「正岡さんの頭の中では、もしかして虹色ししゃもの開発の先に人工湧昇の計画が見えていたのではないでしょうか。小峰さんでも思いつくことなんだから、当然、正岡さんの頭にもあったと思う。だとすると、嫌だっていう気持ちも分かるような気がするんです。昔のことを思い出してしまうから」

「でも、虹色ししゃもは開発していたわけですよね。それはなぜかしら」

野々宮は肩をすくめた。そこまでは自分にも分からないということのようだ。

「暇だったっていうことでしょうかねえ。あの人にとっては、この町は退屈きわまりないところだったでしょうから。ところで、須藤さんのところ、お子さんはいつごろ生まれるんでしたっけ？」

「確か来年の春ごろだと思います」

答えながら、恭子は再び海に目を向けた。

人工湧昇を作り、この海で虹色ししゃもを育てる。そんな時代が来たらいいけれど、あまり大きなことを考えすぎてはいけない。でも、人生は案外、長い。来年、再来年と考えなければ、実現できないこともないように思えてくる。

虹色ししゃもが元気よく泳ぐ海。親子で同じ目標に取り組めるなんて、すばらしいことではないか。

今日、研究所付けで恭子に清美から一通の手紙が届いた。自身の再婚を知らせるものだった。正岡が地元で事故を起こした直後から、何かと彼女を支えてくれた幼なじみに今年の春、求婚されたのだという。

踏ん切りがつかなかったのは、自分が正岡晋という人間を死に追いやったのだという自責の念があったからだった。新聞を見て、彼が生きていると知ったとき、とにかく謝らなければと思ったという。

清美はその目的を果たした。池野も許してくれた。そして、清美は池野に必ず三宅へ帰るようにと伝えたと手紙に書いていた。

池野も、携帯電話に数え切れないぐらい送られてきたメールを読み、心を動かされていたようだという。ただ、その前に、自分のせいで亡くなった人たちへの謝罪を込めて、北陸地方の寺を二ヶ月ほどかけて回ったうえで、警察にも出頭するので、三宅に戻るのは夏ごろになると言っていたという。そして、すぐには戻れないので、三宅の人たちにはこのことを黙っていてくれと清美は池野に頼まれたそうだ。

しかし、そろそろ戻るはずなので恭子にだけは知らせておきたいといって、清美は手紙を送ってきた。手紙の最後の部分を恭子は何度も読み返した。

「あの人は自分には幸せになる権利などないと言っていました。ですが、私はあの人に伝えました。あなたには美紀さんを不幸にする権利もない。そして三宅の人達を裏切る権利もない。残された自分の人生をしっかり生き抜くしかない。多分、私の言わんとすることを、あの人は分かってくれたと思います」

今朝この手紙を読んだとき、美紀に伝えるかどうか迷った。手紙の様子からすると、池野は戻ってきてくれると思ったが、一人で子供を育てていくという大きな決断をした美紀をぬか喜びさせるだけに終わったら、かえって残酷な気がしたのだ。でも伝えるべきだと思った。清美は池野が三宅に戻ると確信している。ならば自分も美紀もそれを信じてもかまわないのではないか。美紀は素直に信じられないかもしれない。その時は自分が彼女を激励してやるつもりだ。いざとなったら自分が池野を捜しに行ってもいい。

おせっかいと言われるだろうか。

恭子はティファニーに向かって車を走らせた。駅前のロータリーに差し掛かったとき、ちょうど、釧路からのバスがターミナルに停まっていた。

ドアが開くなりステップから飛び降りるように出てきた男を見て、恭子は笑った。

今回はおせっかいと言われなくてすみそうだ。

※本作品はフィクションであり、実在の個人・団体などとは一切関係がありません。また作中に描かれた出来事などは現実と異なっている場合があります。

著者

解　説――錯綜《さくそう》する人間関係を描き分ける確固とした力量

清原康正《きよはらやすまさ》（文芸評論家）

本書『ししゃも』は、『感染』『転生』『終《つい》の棲家』に続く仙川環《せんかわたまき》のデビュー四作目の長編である。

仙川環は、東京都生まれ。早稲田大学教育学部生物学専修卒業後、大阪大学大学院医学系研究科修士課程に進んだ。大学院を修了して、大手新聞社に入社。科学技術部、産業部や大阪本社経済部などで医療技術、介護、科学技術、医療問題などの取材に携《たずさ》わった。シンクタンクへ出向中に、ミステリー好きもあってカルチャーセンターのミステリー教室に通って小説を書き始めた。在職中の二〇〇二年に医療サスペンス『感染』で第一回小学館文庫小説賞を受賞して作家デビューした。二〇〇六年に新聞社を退社して執筆活動に専念するようになった。

デビュー作『感染』は臓器移植をテーマに、現代の医療問題の複雑さに加えて、親子の愛情や家庭、夫婦の絆《きずな》といった面にも細やかな眼が行き届いており、現代人のさまざまな葛藤をとらえている。新人ながら確固とした創作領域を持っていることを感じさせた。

全七章からなる本書は、北海道の故郷に帰ってきた主人公が、地元の水産試験場で虹色に輝く不思議なししゃもと出会ったことから、「虹色ししゃもで町おこし」プロジェクトに奔走《ほんそう》する物語である。その町おこしがどんな結末を迎えるのか、主人公の奮闘ぶりを楽しむ小説かと読み進めていくと、プロジェクトのキーパーソンとなる人物の失踪と偽りの経歴というミステリアスな要素が加味され、物語の興趣を盛り上げる。

物語は、海沿いを走るバスの車窓から見える「モノクロームの世界」の風景描写に始まる。主人公が見ている風景である。

「黒い枝を空に向かって突き上げているナナカマド。葉がすっかり落ちているので、やせ衰《おとろ》えた病人のようにも見える」

「この道を反対方向へたどる日を再び迎えるためには、モノクロームの世界に飲み込まれないようにしなければならない。気を抜いたらすぐにこの白と黒の世界に自分は溶け込み、その一部となってしまうだろう。あのナナカマドの樹のように」

と描写されていることに注目していただきたい。主人公の心情を反映した描写となっており、心の中に何か屈託を抱えている主人公であることがこうした風景描写から理解できる。だが、それがどんな屈託なのか、そして、そもそもこの主人公はどんな人間なのかは明かされない。そして、この冒頭部でのナナカマドの描写が、物語のラスト部で微妙に変化する。秀逸な出だしである。

そしてもう一つ、注目したい描写がある。故郷に向かうバスの車内で、主人公が手元を見つめる場面である。「薄いピンクのネイルがはげかかっていた。左手の人差し指と右手の小指」という描写がされている。このマニキュアへのこだわりが変化していくことで、主人公の故郷に対する気持ちが変わっていくさまがとらえられている。こうした細やかな描写が物語の随所に見受けられるのも、この長編を楽しむポイントとなる。

主人公は、もうすぐ三十に手が届こうという川崎《かわさき》 恭子《きょうこ》。故郷の町・三宅《みやけ》町は道東のさびれた田舎《いなか》町である。実家の両親は自転車店を営《いとな》んでいるが、店の経営は楽ではない。恭子が帰って来たその日の昼過ぎ、父親は狭心症で倒れて町立病院に運ばれていた。

翌日、父が世話人をしているママチャリレースの早朝練習に出て、小学校から高校まで一緒に過ごした仲の須藤《すどう》美紀《みき》と出会う。美紀には好きな人がいるらしい。早朝練習のメンバーの中にいた四十がらみの池野《いけの》という男だと、恭子はピンとくる。去年の春、この町にある水産試験場に赴任してきた研究員だという。恭子は同僚の大半が男性という職場にいたのに、さっぱりモテなかった。焦ってつまらない男に引っかかった苦い思い出がよみがえる。

だが、恭子の過去の男関係に触れられているのはここだけで、このあとの展開でも、恭子の恋愛面には全く触れられない。町おこしのプロジェクトが進行していく中で、恭子が登場人物の誰かにほのかな想いを抱くといったよくある設定にはなっていない。そんなありふれた設定にしなくても、物語の興趣を盛り上げていく手法が用意されているからだ。ここでは引っ込み思案の親友のために一肌脱いでやることを勝手に決めてしまう恭子のお節介な性格が強調される。こうしたところにも、この作者のストーリーテラーとしての手腕を感じさせる。

こうして故郷での生活が始まるのだが、父が狭心症で倒れたこともあって、自分がこの町を出るとき、「サイクルショップ川崎」の歴史が幕を閉じる。町に残れば、これまでどおり、細々と店を続けることはできるだろう。結局、マニキュアは塗りなおしていない。除光液でふき取り、爪は短く切ってしまった。でも、このモノクロームの世界に骨を埋める覚悟はつかない。そんな恭子の揺れる気持ちが、マニキュアに表象されて描き出されていく。冒頭部のバスの車内での描写と対比して、恭子の胸のうちを察することができる。

こうした展開の後で、恭子が故郷に戻って来た事情が明かされる。恭子はこの三月末まで、日本の三大商社と呼ばれる五菱《ごりょう》商事でヘルスケア事業部の医療機器部門に勤務していた。だが、食品子会社への出向という新年度の異動の内示が発表された翌日、恭子は辞表を出したのだった。

恭子は美紀を強引に誘って水産試験場に行き、池野勇介《ゆうすけ》の案内で場内を見学して回る。そして、体長十五センチほどの見事な虹色のししゃもと出会う。池野の説明によると、遺伝子の組み替えなどではなく、餌《えさ》の栽培方法が違うのだそうだ。研究者は飼育を栽培と言う。虹色の外見だけでなく、味のほうもコクがあるのにしつこくなく、青いような甘いような不思議な味わいだった。これは売れると、恭子は直感した。虹色しじゃもで町おこしをと意気込む恭子に、そういうことは迷惑だと、なぜか池野の表情は硬かった。

それから恭子の奔走が始まる。道庁の商工労働観光課の課長補佐・野々宮《ののみや》の協力を取り付ける。水産加工物販売会社の跡取り息子で商工会青年部の部長を務める高校の同級生、瑞垣和夫《みずがきかずお》に、恭子は虹色ししゃもも事業化の資料を見せて、町の有志に出資を募《つの》って会社を作る計画を話す。会社をやるってそんなに簡単なことではないのでは、と和夫は言う。恭子は和夫と自分の間に溝があることを痛感する。試験場の統廃合の問題に頭を痛めていた鈴木《すずき》場長は、過去は変えられないけれど未来は変えられると、虹色ししゃもの事業化に乗り気となる。町の人たちには、虹色ししゃもを作るために海洋深層水が必要と資金面での協力を呼びかける。だが、深層水ビジネスへの期待で町の人の心に火がついてしまう。恭子と町に根づいた人たちとの微妙なズレが早くも生じ始めていた。

東日新聞の東京本社科学部から記者とカメラマンが水産試験場の取材にやって来る。だが、その記事と写真が新聞に掲載された直後に、池野が姿を消してしまう。栽培方法のデータを鈴木はじめ他の研究員は把握していなかった。池野の失踪で、彼の履歴には何かと疑問点が多いことが判明する。

恭子は上京して、帝都大学水産学部の研究室に助教授の若水毅《わかみずたけし》を訪ねて池野のことを、経済産業省の課長補佐・山村弘子《やまむらひろこ》から深層水ビジネスの可能性などを聞く。深層水ビジネスにいまさら参入しても市場性がないことや、池野が姿を消したことでプロジェクト全体の中止を考えることも必要、とプロジェクトの幹事会メンバーに説明する。

しかし、和夫が深層水を確保するために三百万円の前金を浦安《うらやす》町に払い込んでおり、池野が開発していた成分Aのサンプルが入ったフラスコを見つけたとの鈴木の発言もあって、引き続き準備を進めるということになる。だが、そのフラスコが何者かによって研究室から持ち出され、浦安町が深層水の提供を断ってきた。池野の経歴に関しては、その後、他人になりすましていたのではないかと思わざるをえない事実が次々と出てきた。やがて、美紀までが姿を消してしまう。

美紀が千葉県の館山《たてやま》で発見され、虹色ししゃもの栽培方法を添付ファイルした池野からのメールが和夫に届き、虹色ししゃもプロジェクトは細々ながら続行することになったことなど、その後の状況が手際よく描き出されていく。

恭子は車を走らせながら、沿道のナナカマドの実が色づき始めていることに気付く。「骸骨のようで不気味に思えたこの町のシンボル樹は、今は親しみをこめて自分に手を振っているようだ」と描写されている。「自分はこの町の色に染まっていくのではない。この町とともに、色を変えていくのだ」「ナナカマドの実が青から赤へとゆっくりと変わっていくように、気付かないうちに少しずつ、変化を起こしていく」と恭子は思う。物語の冒頭部の描写と対比して、恭子の変化を確かめることができる描写となっている。

池野の子を宿し、一人で育てていくと決断した美紀を激励するために喫茶ティファニーに向かって車を走らせた恭子が、駅前のバスターミナルでバスのステップから飛び降りるように出てきた男を見る場面で、この再生と希望の人間ドラマは終焉《しゅうえん》する。爽《さわ》やかな後味のエンディングにまとめた手腕が光る。

作者に医療ミステリーを中心とする創作活動についてインタビューしたことがある。「最先端医療がモチーフやテーマとしてあるわけですが、それを小説として組み立てていくときには、まず、どういうことを考えますか」という問いに、「どんな主人公にするかということですね。それと、主張をしないで物語を書き進めていくためにいろいろ考えます」(「新刊展望」二〇〇八年十月号「特集・医療小説が描く世界」)と答えてくれた。

医療小説では最先端医療技術、医療倫理に加えて、それらに抵触する法律や一般の道徳感などいろいろ書き込まなくてはならないことがある。こうした多様な問題を、主人公の一方的な視点からではなく、主人公に相対する考えの人物、さらにはニュートラルな立場を交えた多視点でとらえていくバランス感覚が優れている。この『ししゃも』でも、主人公の視点だけでなく、和夫や鈴木の視点からの描写が挿入されている。

このインタビューでは、本書『ししゃも』についても触れている。本書の味わいをより深めていただくためにも、その部分を抜き出して紹介しておこう。

清原　『ししゃも』は、ミステリー仕立てではありますが、サスペンスではない。これはどういう発想から生まれたものですか？

仙川　発想は些細《ささい》なことで、会社を辞めた後に札幌《さっぽろ》支社にいた後輩から十勝《とかち》ワインを送ってもらったんです。調べたら、十勝ワインは町おこしでできたものなんですね。おもしろいと思って、それで町おこしで何か書こうと。ミステリーにしようということはあまりなくて、だめな町の話を書きたかった。でも私はやっぱりミステリーが好きなんですね。

清原　地域に対する興味は以前からあったんですか？

仙川　大阪で取材したときからです。大阪なので地方というほどではありませんが、東京とは全然違うんです。日本は広いし、東京のことだけ書いていてもだめかなという感じでしょうか。

清原　仙川作品の中では、『ししゃも』は毛色が違いますね。

仙川　細部でばかばかしいことを書くのがすごく楽しかったです。

仙川作品というと、まず医療のテーマがあり、さまざまな医療情報も含めたファクターを積み重ねていき、そこにミステリーやサスペンスの要素を加えて、というのが主であるのだが、それだけの書き手ではないことが本書『ししゃも』の出来ばえからほの見えてく小学館文庫小説賞を受賞したときの「受賞の言葉」の中で、作者は「〈卑〉ではない娯楽作品を書くために、愚直に取り組む」と記していたが、この『ししゃも』には作者の豊穣《ほうじょう》な可能性を感じさせるものがある。

また、別のインタビュー（「新刊ニュース」二〇〇九年二月号）では、二〇〇八年に出した料理ミステリー『逆転ペスカトーレ』について、『ししゃも』を書いたことで「働く人々を書くことに面白さを感じました」と語っている。ほかにもこんな発言がある。

「私は会社員をしていた頃、新入社員が職場の人間関係の中で変わり、自分なりの仕事観をつかんでいく様子を見るのが楽しかったので、ストーリーを通して人物たちがどう変わるかも、興味がありました」

この発言から、本書に登場する水産研究所の研究員・小峰《こみね》の姿が思い浮かんでくる。作者のこうした体験が物語の登場人物に投影されていることが分かり、物語展開をより楽しむことができる。

仙川作品には、医療技術や医療問題をジャーナリストとして取材してきた作者ならではの今日的な問題に肉薄する鋭い切り口とともに、錯綜《さくそう》する人間関係を小説として描き分けていく確固とした力量を感じさせるものがある。人間を見つめる眼のありようも大きな魅力だ。平凡な人間の哀歓模様をその日常生活の面からじっくりと描くことができる作家で、今後の創作活動にどのような幅を示してくれるか、眼が離せない作家である。

（本書は平成十九年七月、小社から
四六判で刊行されたものです）

一〇〇字書評

ししゃも

切り取り線

購買動機（新聞、雑誌名を記入するか、あるいは○をつけてください）	
□（　　　　　　　　　　　　）の広告を見て	
□（　　　　　　　　　　　　）の書評を見て	
□ 知人のすすめで	□ タイトルに惹かれて
□ カバーが良かったから	□ 内容が面白そうだから
□ 好きな作家だから	□ 好きな分野の本だから

・最近、最も感銘を受けた作品名をお書き下さい

・あなたのお好きな作家名をお書き下さい

・その他、ご要望がありましたらお書き下さい

住所	〒				
氏名		職業		年齢	
Eメール	※携帯には配信できません	新刊情報等のメール配信を 希望する・しない			

この本の感想を、編集部までお寄せいただけたらありがたく存じます。今後の企画の参考にさせていただきます。Eメールでも結構です。

いただいた「一〇〇字書評」は、新聞・雑誌等に紹介させていただくことがあります。その場合はお礼として特製図書カードを差し上げます。

前ページの原稿用紙に書評をお書きの上、切り取り、左記までお送り下さい。宛先の住所は不要です。

なお、ご記入いただいたお名前、ご住所等は、書評紹介の事前了解、謝礼のお届けのためだけに利用し、そのほかの目的のために利用することはありません。

〒一〇一‐八七〇一
祥伝社文庫編集長　加藤　淳
電話　〇三（三二六五）二〇八〇
bunko@shodensha.co.jp

祥伝社ホームページの「ブックレビュー」からも、書き込めます。
http://www.shodensha.co.jp/bookreview/

ししゃも

平成二十二年九月五日　初版第一刷発行

著者　仙川環《せんかわたまき》

発行者　竹内和芳

発行所　祥伝社
東京都千代田区神田神保町三－六－五
九段尚学ビル　〒一〇一－八七〇一
電話　〇三（三二六五）二〇八一（販売部）
電話　〇三（三二六五）二〇八〇（編集部）
電話　〇三（三二六五）三六二二（業務部）
http://www.shodensha.co.jp/

印刷所　堀内印刷

製本所　ナショナル製本

カバーフォーマットデザイン　芥陽子

造本には十分注意しておりますが、万一、落丁、乱丁などの不良品がありましたら、「業務部」あてにお送り下さい。送料小社負担にてお取り替えいたします。

Printed in Japan

ISBN978-4-396-33606-6 C0193

祥伝社文庫の好評既刊

恩田　陸　不安な童話

「あなたは母の生まれ変わり」変死した天才画家の遺子から告げられた万由子。直後、彼女に奇妙な事件が。

恩田　陸　puzzle〈パズル〉

無機質な廃墟の島で見つかった、奇妙な遺体たち！事故か殺人か、二人の検事が謎に挑む驚愕のミステリー。

恩田　陸　象と耳鳴り

上品な婦人が唐突に語り始めた、象による殺人事件。少女時代に英国で遭遇したという奇怪な話の真相は？

桐生典子　わたしのからだ

骨、心臓、髪の毛、肝臓、子宮…からだの各パーツは、あなたの知らない深い闇の中で息づいている。

ナンシー・キンケイド　和田まゆ子／訳　死ぬまでにしたい10のこと

余命わずかと告げられたベリンダ、23歳。家族は失業中の夫と幼い子どもたち。彼女が作ったリストとは…。

小池真理子　会いたかった人

中学時代の無二の親友と二十五年ぶりに再会…喜びも束《つか》の間《ま》、その直後からなんとも言えない不安と恐怖が。

祥伝社文庫の好評既刊

小池真理子　追いつめられて

優美には「万引」という他人には言えない愉しみがあった。ある日、いつにない極度の緊張と恐怖を感じ…。

小池真理子　蔵の中

秘めた恋の果てに罪を犯した女の、狂おしい心情！半身不随の夫の世話の傍らで心を支えてくれた男の存在。

小池真理子　午後のロマネスク

懐かしさ、切なさ、失われたものへの哀しみ……幻想とファンタジーに満ちた十七編の掌編小説集。

近藤史恵　カナリヤは眠れない

整体師が感じた新妻の底知れぬ暗い影の正体とは？　蔓延する現代病理をミステリアスに描く傑作、誕生！

近藤史恵　茨姫《いばらひめ》はたたかう

ストーカーの影に怯《おび》える梨花子。対人関係に臆病な彼女の心を癒《いや》す、繊細で限りなく優しいミステリー。

近藤史恵　Ｓｈｅｌｔｅｒ

心のシェルターを求めて出逢った恵といずみ。愛し合い傷つけ合う若者の心に染みいる異色のミステリー。